KB138118

校註

觀海錄

善本燕行錄校註叢書18세기 ①

校註 觀海錄

金榮鎭・王微笑 校註

金照 著

성균관대학교
출판부

〈善本燕行錄校註叢書〉를 간행하며

성균관대 대동문화연구원은 1960년 〈燕行錄選集〉(상, 하 2책)을 영인하여 학계에 연행록 자료의 중요성을 처음 알렸고, 민족문화추진회(현 한국고전번역원)에서 1976년부터 여기 실린 자료 20종을 국역 간행함으로써 학계를 넘어 고전의 대중화에 기여하였다. 그 뒤 2001년 임기중 편 〈연행록전집〉(동국대 출판부, 전100책)으로 자료의 방대한 수집이 이루어짐으로써 연행록 연구는 중국, 일본 등 국제적으로 확산되었다. 2008년 성균관대 대동문화연구원에서는 〈연행록선집보유〉(전3책)를 간행하였고, 2011년에는 성균관대 동아시아학술원과 푸단(復旦)대학 문사연구원이 〈한국한문연행문헌선편〉(전30책)을 공동 발행하여 연행록에 대한 국제적 관심을 불러일으켰고, 동시에 전근대 동아시아 국가간의 문학으로 또는 사료로의 사행기록의 다양한 자료들이 집적되는 성과를 보였다.

이처럼 연행록의 학술적 가치와 대중적 독서물로서의 저변이 확대되고 있음에도 불구하고, 이 과정에 참여해온 연구자들이 보기에는 여전히 몇 가지 보완되어야 할 점들이 남아있다. 가장 중요한 점은 자료의 문제이다. 그 동안 연행록의 수집, 발굴에 많은 연구자들이 노력해왔고, 그 결과 500종에 가까운 자료가 집적되었다. 이제는 선본 자료의 선별과 이에 대한 엄밀한 학술적 검토가 더 필요한 시점이 되었다. 아울러 지금도 새로 발굴되는 자료들이 있는데, 이 가운데에는 선본으로 분류될 중요한 자료들이 많다. 현재까지의 자료집에는 포함되지 못한 이 자료들을 소개하는 별도의 기획이 마련되어야 한다.

이에 성균관대 동아시아학술원에서는 관련 연구자들이 모여 〈선본연행복교주총서〉를 준비하게 되었다. 전체 종수는 40종 내외로 예정하고 있고, 1종 1책을 원칙으로 하되 16세기, 17세기, 18세기, 19세기로 분류하고 기존 연행록 총서에 수록된 자료 중 선본과 미수록 신발굴 선본을 적절히 안배하여 계속 간행할 예정이다. 이 교주본 총서에는 다음과 같은 부수적 의의도 갖는다. 첫째, 후속 학문세대에게 한문원전 校註의 훈련이 절실히 필요하기에, 중견연구자와 신진학자가 공동으로 작업하여 원전 텍스트의 교점과 주석의 훈련을 겸한다. 둘째, 우수한 번역본을 내기 위한 전단계로서 의미가 있다. 한국의 경우 번역본이 동반되지 않은 교주본을 출판하는 사례가 극소하고, 학계에서도 그 효용성에 의문이 제기될 수 있다. 교주본은 번역서의 중간단계이고, 전근대 동아시아 공동문자였던 한문원전에 대한 독해 분석력 제고는 물론, 교점주석에 대한 수준이나 이해를 높일 수 있다.

끝으로 이 기획의 의의를 깊이 공감하고 발간을 적극 지원해주신 동아시아학술원 김경호 원장께 감사드린다.

2022년 12월
기획위원 김영진, 안대회, 진재교

| 차 례 |

관해록 觀海錄

金照『觀海錄』

金榮鎭

1. 서론

金照의『觀海錄』(국립중앙도서관 소장, 필사본 1책)은 임기중 편『연
행록전집』70권에 '燕行錄'이란 題名으로 실려 있다. 국립중앙도서
관 홈페이지 및『선본해제』13집(2011)에 최강현의 간략한 해제가
있으며, 漆永祥이 논문으로 처음 주목한 바 있다.[1] 최강현은 저자가
누구인지 밝히지 못한 채 1784년 연행사절의 一員이 쓴 것이라고
하였고, 칠영상은 저자가 金明遠이라는 사실을 밝혀냈다. 칠영상은
이 책이 연행록으로서는 보기 드물게 小品的 文藝趣가 높은 자료라
고 평가했는데, 이는 그의 안목 있는 적확한 평으로 동의할 수 있다.
그러나 김명원이 누구인지 구체적으로 밝히지 못했고, 자료에 부기

---

1 漆永祥(2007).

된 텍스트 비평—특히 3인 이상의 인물이 가한 비평—에 대한 논의
가 제대로 이루어지지 않았다는 한계를 노정했다.

본서는 국립중앙도서관 소장본으로, 원본을 확인해야만 해결할
수 있는 부분들이 꽤 있다. 책 앞 부분에는 2~3장 정도의 缺落이
있고(일부 좀도 슬음), 표제인 '燕行錄'도 후대에 책을 改裝하면서 임
의로 붙인 것으로 추정된다. 他人의 頭評을 통해 본서의 원 제목이
'觀海錄'이었음을 알 수 있다.[2]

본고에서는 저자인 金照의 생애를 고증하고, 『觀海錄』의 체제와
내용 및 비평양상을 구체적으로 분석하여 연행록으로서 갖는 의의
를 고찰해 보고자 한다. 김조는 金祖淳, 金鑢와 청년기부터 단짝
친구였고 시인으로서의 명성도 자자했던 인물이다. 그의 다른 저
술[3]은 현재까지 발견되지 않은 바, 본 연행록은 여러 면에서 중요

---

2 본서의 「薊門烟樹」에 대한 타인의 평("嘗聞善說鬼者, 形鬼狀. (중략) 吾於『觀
海錄』 「薊門烟樹」, 復對說鬼者云爾.)"에 『觀海錄』이란 언급이 나온다. 조천록
또는 연행록 가운데 '관해록'이란 이름은 보이지 않는데, 필자는 『孟子』 「盡心
上」의 "孔子登東山而小魯, 登太山而小天下. 故觀於海者, 難爲水, 遊於聖人之
門者, 難爲言."에서 따온 것으로 추정한다.

3 金祖淳이 '書後'를 쓴 바 있는 『畊讀園詩稿』(『楓皐集』 권16, 「書金明遠畊讀
園未定稿後」), 申緯와 젊은 날 수창한 시를 모은 『錦官集』(『警修堂全藁』 책
12, '林軒集 三', 「余之北轅也, 湖西伯馳書, 要余路由錦上, 留作一日歡, 顧余
畏約, 難浪跡也, 謝以二詩」 제1수의 原註 "記余與詩人金明遠日酬唱, 有『錦官
集』, 旋入丙稿中."), 1784년 연행 때 북경에서 만난 屠秀才에게 김조가 직접
증정한 시고(수십 수) 등이 있었다는 기록이 보이나 현재까지 발견되지 않았

도를 지니고 있다.

김조의 『관해록』은 저자 신분으로 보자면 '隨行員의 연행록'으로, 특징상으로 보자면 '評批本 연행록'으로 그 연구 방향을 설정할 수 있을 것이다.

2. 저자 고증 및 金照의 생애

김조의 『관해록』은 칠영상의 고증이 있기 전까지 저자 미상의 연행록이었다. 최강현의 해제에서도 저자가 三使(정사, 부사, 서장관)가 아니라는 점만 제기하였을 뿐 어떤 인물인지에 대해서는 논의하지 못했다. 칠영상은 본서의 頭評에 두 번 거론된 '金明遠'을 확인했으나 김명원이 누구인지 더 이상 밝혀내지 못했다. '明遠'이 字라는 사실은 몰랐던 것이다. 명원은 金照(1754~1825)의 자이다. 김조는 400여 년간 京畿道 華城市 雨汀邑에 세거해 온 武班 名家인 海豊金氏 南陽雙阜派 金大乾의 후손이다.[4]

다. 아울러 『관해록』에는 김조의 시 작품으로 「懷文蘭」(7언절구 3수), 「東岳廟」(7언고시), 「贈書狀官」(5언절구)만 온전히 실리고 5題는 短句만 실린 것(계원룡과 이별할 때 준 시는 아예 실리지도 않음)으로 보아 김조에게는 별도의 燕行詩集이 있었을 것이다. 「玉河記夢」에 나오는 다음의 언급도 이를 뒷받침 해준다. "余以一書生, 隨使价遊燕, 關塞萬里, 策馬哦詩, 橐中之草, 已成篇什."

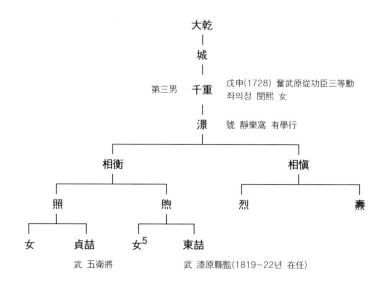

【그림1】 김조 가계도

　　『영조실록』 10년(1734) 7월 7일 '사헌부에서 광릉 참봉과 사산
감역 鄭權을 汰去할 것, 金千重을 유배할 것을 아뢰다'조를 보면 김
조의 증조부 金千重은 서얼임을 알 수 있다.[6] 『韓國系行譜』'해풍

4　해풍김씨대종회 편(2010), 『해풍김씨대동보』 참조.

5　현감을 지낸 전주 李鴻祥의 아들 李英穀에게 시집갔다. 이홍상은 서얼로 文
　　名이 높았던 인물이다.

6　"(전략) 金浹의 아버지 金千重은 바로 역적 閔黯의 妾의 사위입니다. 민암이
　　伏法되기에 이르자 閔黯의 사위를 假稱하면서 세상을 속이고 행세를 한 것
　　은 진실로 이미 매우 놀라운 일인데, 지난번 西邑에 제수되었을 적에는 그의

김씨'조(818면)에도 金城의 아들로는 金夏重과 그 직계만이 올라 있다. 김하중의 손자는 1763년 계미통신사행에도 참여했고 후에 훈련원 정 및 포도대장 등을 지낸 金相玉이다. 김상옥의 아들 金煐은 무반 출신으로 판서까지 올랐다. 김상옥과 김영은 모두 時調 작품도 남긴 바 있다. 어쨌건 이 가문은 南人에 연계(서얼가에 黨色이 큰 의미를 띄는 것은 아니지만)되어 있다는 점과, 또 무신난(1728)에 공을 세운 사실이 특기할 만하다.

김조는 본관이 해풍, 자는 明遠, 호는 石閒·石癡·約庵·藥園居士·畊讀園 등을 썼다. 小科를 한 기록조차 없지만 당대에 詩名만은 상당했던 인물로 확인된다. 김조는 1784년 12월부터 1785년 4월까지 謝恩使의 수행원으로 燕行에 참여했다. 정사는 朴明源, 부사는 尹承烈, 서장관은 李鼎運이었는데 그는 정사의 수행원이었을 것으로 추정된다.[7] 1788년 6월과 1792년 8월 규장각 검서관 자리에 空席이 생겼을 때 李德懋, 徐理修에 의해 추천된 적이 있으나 낙점되지 못했다. 이후 監牧官·능참봉·사옹원 주부 등을 지냈다.

아들이 淫奸한 여자를 데리고 가서 그 아이를 밴 자취를 숨기려고 하다가 大臣에게 저지당하였으니, 情狀이 음흉하고 교묘합니다. 김천중을 마땅히 먼 곳에 유배해야 합니다." 김협은 위의 醜聞(사촌의 첩을 강간)으로 1734년 교수형을 당했고, 때문에 족보에도 빠져 있다.

7 『관해록』에 서장관 이정운과의 친분이 자주 보이나 귀국 도중 서장관이 柵門에 남아서 일을 처리할 때 김조는 먼저 귀국한 사실로 미루어 서장관의 수행원은 아니었던 것으로 생각된다.

61세 때인 1814년에야 아들 貞喆을 두었다.

　김조의 벗으로는 金祖淳(1765~1832), 金鑢(1766~1821), 徐榮輔 (1759~1816), 申緯(1769~1845), 李明五(1750~1836), 趙冕鎬(1803~1887), 金逌根(1785~1840) 등이 확인된다. 이들 가운데 가장 중요한 인물은 김조순과 김려이다. 특히 김조순과는 40년 知己였다. 김조순은 1783 년 김조와 함께 삼각산 인수봉 아래 청담을 유람하였고,[8] 김조가 사 신을 수행하여 연행을 떠나게 되자 송별시를 지어 주었다.[9] 김조가 연행에서 돌아온 직후에는 김조의 『畊讀園詩稿』를 읽고 글을 남겼 다. 이 글에서 김조순은 김조와 서로 교유한 지 20년이 되었다고 하면서 김조의 詩作이 苦吟의 결과물로서 癖에 가까운 것임을 이야 기하였다.[10] 김조순과 김조의 교유는 1819년 봉원사 유람에도 이어

8　金祖淳, 『楓臯集』 권1, 「遊淸潭(幷序)」, "淸潭, 在三角北仁壽之下, 崇巖幽 壑, 吐納雲霞, 百里之間, 水石之奇者, 皆出於下. 以是遊子之轍, 橫今古也. 癸卯七月小晦, 余與石閒金照訪焉."

9　김조순, 『풍고집』 권1, 「送別石閒友人隨使赴燕」, "吾祖瀋關三載囚, 高風大 節貫千秋. 蘇卿矢死甘居窖, 文相盟心不下樓. 北漠驕酋猶破膽, 中朝義士敢 爭頭. 從容手植綱常在, 非比臨危慷慨休."

10　김조순, 『풍고집』 권16, 「書金明遠畊讀園未定稿後」, "(전략) 余與明遠游, 且 二十年, 每得其詩, 輒忻然誦之. 然日與之慣, 殊未覺勝我爲多. 今春病臥, 偶 閱其 『畊讀園詩稿』, 神逾遠境逾妙, 往往如湘靈之瑟, 可聞而不可見, 斯豈非 受於天者獨厚, 而無所容其力也耶? 夫以尹姝之都美, 泣下於敝衣之眞邪者, 誠不可揜也, 吾於明遠之詩亦云. 雖然, 明遠之作詩也, 必攅其眉稜, 理之密皺 者益皺, 挐其鬚根, 莖之出疎者愈疎, 亦可謂癖之已甚者也."

졌다. 김조순이 주도한 이 詩社에는 김조와 김려가 모두 포함되어 있었다.[11] 1825년 10월 김조가 죽자 김조순은 애도시를 지었는데 신위의 문집에도 그 기록이 보인다.[12] 신위는 김조와 함께 40여 년을 김조순의 문하에 노닐었다고 한다.

또한 김조는 김조순의 아들인 黃山 金逌根과도 아주 친밀한 관계를 맺기도 하였다. 김유근의 문집 『黃山遺稿』(초고본)에는 김조와 관련된 시는 무려 25편이나 실려 있다.[13]

---

11 김조순,『풍고집』권15,「記奉元寺遊」, "己卯歲南至月之旣望, 飮于兪子範之 處仁書屋, 金明遠·趙君素·李叔嘉·趙士顯·李士昭·金文五·金士精, 皆社 中人也."; 金鑢,『藫庭遺藁』권12, '補遺集',「冬日, 陪楓皐相公曁兪子範·李 士昭·金明遠·李叔嘉·趙士顯·李文吾·趙君素諸人, 游奉元寺, 和楓相韻」. 1819년 김조순은 詩社의 벗들과 봉원사 유람을 하는데 이 자리에 김조와 김려가 함께 참석하였다. 봉원사는 젊은 시절 김조순과 김조가 여름 휴가를 보냈던 곳이라고 한다. 김조순은 이 때「重遊奉元寺」,「又與諸友共賦」(이상 『풍고집』권4) 등의 시를 지었다.

12 김조순,『풍고집』권5,「哭石閒」; 申緯,『警修堂全藁』책12, '紅蠶集 三',「哭 石閒(幷序)」, "楓皐公「哭石閒」詩曰: '貍首斑然奈若何, 心知慟哭不如歌. 一 回灑淚柴門出, 惆悵寒磎有逝波.' 攬其詞旨, 哀不至傷, 玩厥風華, 曠逸是尙, 眞不愧哭石閒也. 僕與石閒同遊公之門, 四十有餘年矣. 今於石閒之喪, 讀公 詩誦公義, 有足感心, 演公餘意, 凡得五章." 김조순은 김조가 죽은 지 몇 해 뒤에도 그를 추억하는 시를 지었다(권6,「丁亥春日, 思石閒, 灑淚賦此」,「悼 石閒」).

13 김유근,『황산유고』, 양평군친환경농업박물관 소장 초고본,「和金照」, "昔我 南來日, 憐君病臥時. 何勞江上別, 多謝數行詩. 幽思梅發處, 孤懷月上時. 依俙千里回, 看取案頭詩."

김려의 기록에는 畫家로서의 김조의 면모도 언급되어 있다. 김려는 김조가 그림을 잘 그렸으며 부채에 그림을 그리고 題詩를 써서 자신에게 선물한 일이 있음을 회상하였다.[14] 또 김려는 김조의 61세 생일을 축하하는 시를 남겼는데 이를 통해 두 사람은 만년까지 친교를 유지했음을 알 수 있다.[15]

한편 김조는 중년에 서영보의 幕客으로 있었고,[16] 만년에는 특히 이명오, 조면호와 친했다.[17] 조면호의 「感詩絶句」(1872년작) 제7수

---

14 김려, 『담정유고』 권5, 「思牖樂府」(1801년작), "問汝何所思, 所思北海湄. 端午南平新撲扇, 魚頭邊竹象牙鈿. 葯園居士金石癡, 畫出山水一幅奇. 滄江白石漁樵路, 萬壑千峯日暮時. 深藏篋笥恐壞破, 且防塵土來染涴. 炎風瘴海辛苦地, 歎息思汝奈何些.(南平湖南縣名, 扇品甚巧. 石癡余友金照明遠, 善畫, 滄江句, 石癡畫題.)"

15 김려, 『담정유고』 권1, '藫玄觀詩草', 「敬賀石閒金明遠六十一生子, 今日是晬辰」. 이 외에도 김조와 관련된 시로 「和韻奉贈石閒金明遠」, 「上元前夜, 與李令穉粹 · 金丞明遠, 游東溪橋, 口號走步明遠韻(二首)」(이상 권1, '藫玄觀詩草'), 「早秋金照牧丞蓮亭納凉(擬六月晨亦熱, 王侍御建)」(권3, '擬唐別藁'), 「又次明遠韻」, 「月蝕夜傚宋體, 敬次玩月韻, 呈玉壺閣下, 轉示石閒老顚」, 「又次金石閒韻」(이상 권12, '補遺集') 등이 있다.

16 徐榮輔의 『竹石館遺集』에는 김조와 관련된 다음의 시들이 수록되어 있다. 책2, 「暑月困臥, 聞兒輩與金參奉明遠 · 柳檢書季行, 竟日歡咲, 示以所賦詩, 走筆戱次」, 「迎華亭, 次韻明遠」, 「金君明遠少有詩名, 從仕官爲郎署, 老去, 忽負羽從我, 其詩有自嘲意, 故酬其韻以解之」, 「初秋日, 喜蔡墨翁來過官齋, 拈坡集韻, 箕兒與金明遠共賦, 余亦和之」.

17 趙冕鎬, 『玉垂集』 권6, 「感詩絶句」 제8수의 원주, "泊翁晚年, 與石閒一隊人, 會賦北營之君子亭, 余亦與焉." 이명오의 아들 李晚用이 김조순의 아들 金

에는 김조에 관한 시가 실려 있다.[18] 「감시절구」는 자신의 詩學의 기반이 되었던 白社(白蓮社) 선배 동학들을 추억하며 지은 것으로 이 시사의 주축은 김조순의 안동김씨 가문이었다. 따라서 조면호는 청년기에 김조순의 절친이던 김조를 접할 수 있었던 것이다. 조면호는 1824년 무렵에 그를 종유하였고, 김조가 죽은 뒤에 그가 남긴 詩鈔를 보고 감회를 읊기도 하였다.[19]

迫根에게 올린 편지(『東樊集』 권4, 「與黃山金公(迫根)書」)를 보면 1809년 김조순이 김조를 통해서 밤에 이명오를 烏山書屋으로 불러 雨念齋 李鳳煥(이명오의 부친)의 伸冤 문제를 의논했다고 한다.

18 조면호, 『옥수집』 권6, 「감시절구」 제7수, "盛際靑衿蔚有文, 金生名字宋參軍. 春溪遍是桃花水, 負手閒行看白雲.(金照, 字明遠, 號石閒, 以靑衿蔚揚泮庭, 楓皐金忠文買一草屋於玉壺洞口而與之. 石閒疎眉濶眼, 長不滿五尺, 氣槪亢爽, 詩宋如閱武庫, 無器不存, 善飮酒, 談論滾滾, 常負手溪上, 若有所往者然.)"

19 조면호, 『옥수집』 권1, 「十月自關外歸, 詩塵墨迹, 宛如前秋, 而石閒已化爲異物, 見舊篋, 石閒詩鈔一紙, 不禁山陽之感, 遂題五絶句, 示舊社伴(5수)」(1825년작), 제2수의 원주 "石閒白蓮社, 手鈔楞嚴經.", 권9, 「攄情詩(旣賦山園春, 作此以及之)」(1863년작) 제1수, "老宿吾猶及, 當時有石閒. 溪流去不反, 怊悵白蓮山.(金石閒照)", 권21, 「得舊詩紙, 卽五十年前, 與石閒共賦, 李詩樵手寫者, 不勝愴畫, 次元韻, 附之紙末」(1880년작), 권26, 「感夢(石閒翁赴道山, 已二十年, 夜夢得與周旋若平昔. 玉垂有一鍼, 翁奇以奪之曰, 此神鍼也, 以自家鍼易之. 覺猶宛然在目, 追念玉壺舊遊, 無以定情, 賦一絶記之)」. 이 외에도 김조와 관련된 시로 「石閒(金照)見過」, 「石閒山庄, 與屛巖(族人德昇)·春叟·桐江共賦」, 「夢踏亭, 石閒與李泊翁(明五)·崔愚山(憲秀)共賦, 余亦與焉」, 「聞石閒自香山還」, 「春晩訪石閒不遇」(이상 권1) 등이 있다.

이상으로 보건대 김조의 교유에는 北村詩社를 중심으로 당대 최고의 시인들이 포진해 있었고, 김조순·김려·신위·서영보 등과 깊은 유대를 맺고 있었음을 알 수 있다.

3. 『觀海錄』의 체제와 내용

『觀海錄』은 김조가 1784년 사은사행을 따라 중국을 다녀와서 남긴 연행록이다. 필사본 1책으로 국립중앙도서관에 소장되어 있다. 원본을 열람한 결과 김조의 친필본으로 추정되며, 적어도 저자의 手澤本임은 분명하다. 간간이 글자를 塗抹 내지 修正한 흔적이 보인다. 일부 항목의 제목 아래 또는 본문의 끝에 저자의 敷衍이 있고, 아울러 구절 곳곳에도 저자의 註釋이 작은 글씨로 적혀 있다.

본문에는 많은 批點이 찍혀 있고,[20] 또 評批가 붙어 있는데 평비의 경우 연행록으로는 『열하일기』를 제외하면 거의 사례가 없는 독특한 점이다. 評批者는 필체로 보아 적어도 3인 이상임을 알 수 있다. 評批者 甲은 '香谷'이란 자인데 필자는 풍고 김조순으로 고증하였다. 향곡은 김조순의 先山 및 鄕邸가 있던 驪州의 지명으로 즉 추읍산 아래 香谷里이다. 評批者 乙은 미상[21]이고, 評批者 丙은

---

20 「東嶽廟」에서 김조의 7언 장편고시에만 유일하게 붉은색 點批가 찍혀 있고, 그 외에는 모두 먹으로 찍은 點批와 圈批이다.

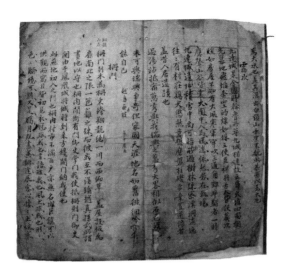

【그림 2】『觀海錄』 본문

함께 연행한 자일 가능성이 높다. 「天淵亭劍舞」에 나오는 '二小妓' 와 '一妓'에 각각 "明是柳愛·蘭深", "明是學蟾"이라는 夾批가 있는 등 김조와 연행 노정을 함께 경험한 흔적이 보인다. 평어에 『노걸대』나 백화소설 언급이 있는 것으로 보아 동행했던 譯官일 가능성도 있다.[22]

『관해록』의 체제 역시 여느 연행록에 비해서 독특하다. 日記式이 아니라 項目式인 점에서 그러하다. 缺落 부분을 제외하고 총 60

---

21 김조, 김조순, 김려가 단짝 친구였음을 감안하면 본서의 평비자에 김려가
    포함되었을 가능성도 매우 높다.
22 『관해록』에는 역관으로 洪禮福과 金致瑞가 등장한다.(수역은 洪命福이었음)

개 항목으로 되어 있는데 일부 항목에는 附가 붙어 있기도 하고, 한 항목 안에서도 여러 칙으로 나누어 기술하고 있다. 내용상으로 보면 크게 國內道程(결락됨), 渡江에서 북경 도착까지, 북경 체류, 기타 雜記, 歸路로 나눌 수 있다. 전체 60개 항목을 열거하면 다음과 같다.

국내노정 : (發行) (渡江)[23]

도강~북경 도착 : 露次 柵門 鳳凰城 會寧嶺 靑石嶺 遼野 舊遼東白塔 瀋陽 醫巫閭山〔附: 十三山〕松杏 寧遠衛〔附: 嘔血臺〕祖大壽牌樓 姜女祠 吳三桂將臺 山海關〔附: 澄海樓〕五峯山 永平府 榛子店 高麗堡 玉田 薊門烟樹 漁陽橋 通州 東嶽廟

북경 체류 : 皇城〔附: 安定館〕宮城 大市街 琉璃廠 太和殿 萬佛殿 大雄殿 極樂世界 五龍亭 太學 石鼓 柴市 天主堂觀畵[24] 玉河記夢

기타 잡기 : 食品 衣制 車馬 畜物 騎射 倡市 墳制 民俗雜記

귀로 : 歸路 白澗松 薊州獨樂寺臥佛 夷齊廟 首陽山 泥濘 太子河看月 留柵 安市城 出柵 天淵亭劍舞 郭山四月碑 黃州燈夕 延恩門志喜

『관해록』은 장소의 순차에 따른 기술 방식을 사용하고 있다. 따

---

23 결락 부분으로 '발행', '도강'은 필자가 임의로 제목을 붙인 것이다.
24 이 제목은 누군가가 刀削했던 것을 후에 다시 복구하여 써 넣었다. 이 항목의 본문 역시 刪削이 있었을 가능성이 있다.

라서 대략 시간순대로 기록하였으나 간간이 귀로의 상황들도 등장한다. 예컨대 「薊門烟樹」, 「玉河記夢」 등에서 "歸路~" 운운하는 대목이나 「永平府」에서 計元龍을 만난 내용 등은 귀국할 때 있었던 일이다. 「食品」, 「畜物」 등 雜記에서 자신의 연행 체험을 주제별로 총정리하고 있는 바, 시간의 흐름에 구애되지 않고 交織的인 기술 방식도 보이고 있는 셈이다. 본문의 내용과 사행단의 狀啓 및 別單[25]을 바탕으로 연행 일정을 재구해보면 다음과 같다.

- 1784년 12월 11일 진하 겸 사은사 辭陛
- 1785년 1월 1일 한 村市를 지남(演戱 구경)
- 1월 8일 瀋陽 도착(연희 구경)
- 1월 9일 瀋陽 출발
- 1월 14일 廣寧(觀燈)
- 1월 15일 寧遠衛. 高橋堡
- 1월 25일 通州에서 귀국하는 동지사행단(정사 李徽之, 부사 姜世晃, 서장관 李泰永)을 만남.
- 1월 26일 북경 도착. 南小館에 묵음
- 2월 6일 三使가 조선에서 막 돌아온 副勅使 阿肅을 만남
- 2월 7일 새벽에 太學에 감(황제가 釋奠祭와 유학 강론을 위해 태학

---

25 『정조실록』 9년(1785) 2월 14일 '사은 정사 박명원과 부사 윤승렬의 장계' 조; 『同文彙考補編』 권6, '謝恩行書狀官李鼎運聞見事件', '謝恩行首譯洪命福聞見事件' 참조.

辟雍을 방문하여 삼사를 접견)

- 2월 9일 예부에서 황제가 벽옹에 친림한 것을 축하하는 연회를 베풀어 삼사가 참석함
- 2월 21일 26일간의 북경 체류를 마치고 玉河館을 출발
- 2월 22일 通州 출발
- 2월 27일 灤上을 지남
- 3월 1일 山海關을 나감
- 3월 13일 塔院을 지남. 심양 도착
- 3월 14일 심양 출발. 迎水寺 도착
- 3월 21일 鳳城 도착
- 4월 1일 柵門을 나섬
- 4월 2일 압록강을 건넘(총 왕래 일자 93일)
- 4월 8일 아침 일찍 평양에 도착. 황주에서 관등
- 4월 13일 復命

김조가 연행에서 만난 중국 문인은 李美, 徐大榕, 朱慶貴, 計元龍 등이다. 김조는 이들과의 만남을 별도의 항목을 두어 서술하지 않았다. 「玉河記夢」의 頭評에서도 "竝言「畜物」・「食品」, 而不及於人物, 何也? 豈君之未見而然歟?"라고 하였다. 영평부에서 하룻밤 寄宿한 이미는 시에 능한 문사였다. 1782년 洪良浩의 연행 때 교분을 맺은 뒤 柳琴 등 조선 문인들과 사귐을 지속했던 인물이다.[26] 서대용과 주경귀는 북경에서 만난 翰林들인데 특히 서대용은 비중 있는 인물이었다.[27] 귀로에 북평점에서 만난 계원룡은 武人이지만

학식이 있었다. 한편 金正中(호 一翁)의 『燕行錄』에는 김정중이 북경 옥하교 가에서 屠秀才를 만나는 부분이 나오는데 이 때 도수재는 몇 해 전 만났던 김조를 추억하며 문의하고 있다.[28] 김조와 만난 것이 분명한데 『관해록』에는 도수재에 대한 언급이 없다.

---

26 洪良浩, 『耳溪集』 권7, '燕雲續詠', 「贈孤竹居士李美」; 李德懋, 『青莊館全書』 권33, 『清脾錄 二』, 「李美」; 李海應, 『薊山紀程』 권2, 「渡灣」, 1803년 12월 20일조, 〈李饒亭美書齋〉 등 참조.

27 서대용은 자가 向之, 호가 惕庵이며 武進 사람이다. 건륭 37년(1772) 진사가 되어 戶部主事(1780)·泰安知府(1792)·萊州知府·濟南知府 등을 역임하였다. 徐浩修·朴趾源 등과 교제가 있었다. 박지원은 누이묘지명을 서대용에게 보내어 그의 表弟인 楊廷桂의 글씨로 받아왔다(『열하일기』 「避暑錄」). 서형수의 『明皐全集』에 서대용이 써준 서문(「徐五如軒主人詩文序」)이 실려 있고, 홍양호·서호수 등이 중국인에게 받은 편지모음집인 『同文神交』(국립중앙도서관 소장)에도 서대용의 간찰 1통이 실려 있다.

28 金正中, 『燕行錄』, 「奇遊錄」, 1792년 1월 23일조, "내가 주막을 지나다가 한 秀才를 만났는데, 성은 屠요, 外號는 搏菴이며 湖北 사람이다. 내가 묻기를 (중략) 그 사람이 글월로 답하였다. '(중략) 수년 전 貴國에 金照라는 이가 있었는데, 얼굴은 매우 못생겼으나 자못 시를 잘하였습니다. 나와 서로 친하여 나에게 詩稿를 주었는데, 그 시를 세면 수십 수가 넘으나 세월이 오래되어 잃었으니, 아깝습니다. 아직도 그의 七夕을 읊은 글귀에, '한 줄기 은하수 만고에 흐르네.〔一道銀河萬古流〕'라 한 것과 어느 隱士에게 준 시의 끝 귀에, '울고 짖고 사람 따르나 또한 시끄럽지 않도다.〔鳴吠隨人亦不喧〕'라 한 것을 기억하는데, 이 두 귀는 문득 사랑스러움을 깨닫습니다. 그분이 지금 어떤 형편이 되었는지 모르거니와, 당신은 반드시 아시리니 분명히 나에게 알려 주소서.'"

다음으로 『관해록』에 나타난 표현상의 특징을 살펴보도록 한다. 『관해록』은 산문 기록인데도 시적인 표현이 많고 '小品趣'가 농후하다. 4언구의 連用이 많아 운문의 매력을 느낄 수 있다는 점은 본 연행록이 가진 가장 큰 특장이라고 할 수 있다. 또 항목별로 기술하고 그 안에서 다시 細則으로 구분하고 있어 전반적으로 짧고 간결한 느낌을 준다. 抒情, 描寫, 論證 등 모든 방면에서 군더더기 없는 필치를 유감없이 보이고 있다.

『관해록』에서 특히 소품적 문체가 잘 드러난 부분은 「舊遼東白塔」 제4칙[29], 「寧遠衛」 제3칙, 「山海關」 제3칙 등이다. 여기서는 「영원위」 제3칙을 소개한다.

이날은 정월 대보름이다. 어제 廣寧을 지날 때 인가들에 왕왕 燈을 걸었는데 막대 끝에 나뭇가지를 묶어 표를 하였으니 자못 우리나라의 4월 초파일 광경과 같았다. 저녁에 高橋堡를 지나는데 길가 사찰과 인가의 등불이 어둑한 나무 사이에 점점이 비추었다. 오늘 밤에는 하늘에 구름 한 점 없이 嘔血臺 동쪽으로 달이 훤히 떴다. 부사 윤공, 서장관 이공을 모시고 店舍의 마당을 산보하다가 문밖까지 이르렀다. 하늘은 더욱 광활하고 달빛은 더 환하였다. 무릇 집

---

[29] "白塔在關廟之西北, 或言唐太宗征遼時, 尉遲敬德所建. 其高十七層, 塔尖則風磨銅造成, 塔之八面石, 刻羅漢菩薩, 栖鴿數百飛繞塔層, 盤旋不下. 試望遼天, 一色蒼然, 千年白鶴, 不見其處, 吾欲問諸飛奴, 曾見華表柱頭翩躚作人語者乎. 自遼陽古郭外, 蓬科馬鬣, 滿目纍纍, 豈零威所謂不學仙者乎."

떠난 이가 달을 보면 고향을 그리워하고, 曠士가 달을 보면 옛일을 회상하나니 집은 5천리 밖에 있은즉 버려두고 생각 않는 것만 못할 것이요, 事迹은 100여 년 전의 일이니 어찌 버려두고 회고치 않을 수 있겠는가. 구혈대에 뜬 달을 보노라니 영원성에 빛을 내려준다. 달은 진실로 漢나라 때의 달이요, 성은 진실로 한나라 장수가 지키던 바로되 이 빠진 돌에 황량한 이끼, 성은 이미 무너졌어라. 죽은 이의 魂, 戰場의 뼈에 달은 여전히 비춰주니 달을 마주하고 회고에 잠긴다. 성은 무너졌으나 그 사람(袁崇煥 - 필자)은 남아 있으니 그 사람의 몸이 어제의 長城이라. 달은 본디 오래되었으나 그 사람을 비추니 그 사람의 혼백이 바로 저 큰 달과 같아라.

내가 서장관을 돌아보며 말했다. "광녕에서는 너른 들에서 달을 보았고, 영원위에서는 오래된 성에서 달을 봅니다. 너른 들에서 보는 것은 매우 장쾌하고, 오래된 성에서 보는 것은 쉬이 슬퍼집니다. 슬픔은 근심이 모이는 바이니 行役의 고달픔, 고향 생각 등이 일시에 마음을 어지럽히면 이 같은 좋은 달도 온갖 근심 속으로 사라지니 어찌 애석치 않겠습니까. 눈앞에 비록 대나무 잣나무 그림자는 없지만 모래와 돌만 황량한 이곳에서 이처럼 좋은 달을 얻으니 使行의 수고로움 속에 우리처럼 한가로움을 만끽하는 자도 드물 것입니다. 잠깐의 한가로운 산보가 또한 蘇東坡의 '承天寺 밤놀이'의 興보다 작지 않습니다."[30]

---

30 "是日卽上元, 昨過廣寧, 人家往往植燈竿, 疏密可數, 竿頭縛樹枝爲標, 頗似

한문 문장을 보면 4언구를 많이 사용하였고 점층적으로 표현하여 리듬감을 느낄 수 있다. 이 글의 眉評에 "布衣身分을 볼 수 있다(可見布衣身分)"고 하였다. 다음은 「산해관」 제3칙이다.

　　澄海樓에 오르니 浩浩茫茫한 것은 萬頃 渤海다. 커다란 물결이 하늘에 닿을 듯한데 (바다가) 하얀 것이 다한 곳에 푸른빛이 있고, 푸르름의 밖은 온통 시커멓다. 산을 보는 것에 비유하자면 가까운 산은 밝고 수려하고 먼 산은 푸르름이 쌓이고, 그 푸르름의 밖에는 검푸르러서 다시 분변할 수 없는 것과 같다. 작은 배의 가리움도 바위 하나의 막힘도 없이 큰 바람이 파도를 말아서 갔다가 다시 온다. 예와 지금이 다 한순간이요, 온갖 것들이 다 空이니 문득 이내 몸이 지금 누대 앞에 있는 것도 잊었다.[31]

我東浴佛日光景. 暮過高橋堡, 路傍寺刹人家, 燈光點點隱映暝樹間, 今夜天無纖翳, 月出嘔血臺東. 陪副价尹公·行臺李公散步店舍庭中, 逐到店門外, 天益曠, 月漸多. 夫離人看月則思鄕, 曠士看月則懷古, 家在半萬里外, 則不如置而勿思, 事在近百年前, 則安得捨而不懷. 試看月出於嘔血之臺, 流照於寧遠之城, 月固漢時月也, 城固漢將守也, 缺甃荒苔, 城已崩矣, 殤魂戰骨, 月猶照矣, 則對月懷古. 城雖崩, 而其人斯存, 其人之身, 昔爲長城也, 月本古, 而其人斯照, 其人之魄, 卽如大月也. 余顧行臺曰 '廣寧則大野看月, 寧遠則古城看月, 大野甚快, 古城易悲, 悲者憂之集也, 行役之苦, 鄕國之戀, 一時攪心, 則如此好月, 便向百憂中抛去, 豈不惜哉! 眼前雖無竹栢影, 沙磧之間, 得此好月, 原隰之暇, 得閑人如我輩, 鮮矣. 暫時閑步, 亦不減承天夜游'云."

31　"登澄海樓, 浩浩茫茫, 秪是萬頃渤澥, 巨浸際天, 白盡而靑, 靑外更黑, 譬如看

마지막 구에 夾批로 "과연 卿은 오늘에야 비로소 깨달았는가(果然卿今日始覺乎)", 尾評에는 "깨우침(悟頭)", 頭評에는 "(이 사람은) 이런 눈 이런 생각을 가졌으니 香谷은 다만 절을 할 뿐이다(持此眼, 有此思, 香谷只合下拜)"라고 되어 있다. 여행을 통해 자연의 광활함 속에서 정신의 깨우침을 얻는 모습이 문학적으로 잘 묘사되어 있다.

『관해록』의 내용을 보면 인생에 대한 관조와 感傷性이 강하게 드러나고 있다. 귀국길 책문에서 『水滸傳』속 108인의 벽화를 보며 삶은 한바탕 꿈과 같다고 언급한 바,[32] '玉河記夢'이란 편명으로도 알 수 있듯이 인생에 대한 感傷的 논조를 줄곧 이어간다. 서얼 출신으로 한평생 미관말직을 전전했던 김조 자신의 처지가 깊이 간여된 듯하다. 다음은 「옥하기몽」 제7칙으로 저자의 자의식이 잘 드러난 부분이다. 감상성을 눈여겨볼 필요가 있다.

일개 서생인 내가 사행을 따라 연경을 유람하게 되어 변새와 관을 지나 만 리를 떠나오면서 말을 채찍질하며 시를 지음에 주머니에 쌓인 것이 이미 한 권이 된다. 바라는 것은 중국의 장쾌한 선비를 만나 흉중의 기굴함을 토해낸다면 족히 반평생의 부채를 탕감할

山, 近山明秀, 遠山堆藍, 遠山之外, 黝然不可復辨. 無芥舟之翳·拳石之礙, 長風捲濤, 往而復來, 古今俄頃, 萬有俱空, 頓忘身在樓前."

32 『관해록』, 「留柵」, "還歸柵內, 更留魚家店中, 壁畵水滸諸像, 依然如夢裏曾看也. 人具是眼, 眼看是畵, 竟無人道此語, 眞個瘖者丹靑."

수 있으리라 생각했으니, 저 금은과 비단, 산가지를 쥐고 별을 논하는 것, 헤아림에 한번 응할 물건들은 애초 내 마음과 눈엔 무방한 것들이었다. 역관과 비장들과 비교해서 나는 참으로 한가로운 자이다. 식사하고 차 마시는 나머지엔 길을 따라 산보하면서 北京의 壯麗함과 人物의 繁盛함을 내 눈썰미에 대략 담았다. 외로운 촛불 차가운 관사에 누워 지나온 일을 생각하니 가슴속 삼라만상이 마치 거울에 비치는 듯하다. 이와 같으니 燕薊 땅을 밟은 것이 참으로 헛된 걸음은 아니었다.[33]

「射虎石」에서는 장구한 역사 속에서 인간의 순간성과 왜소성을 감상적 필치로 그려내었다.

무릇 書契 이전의 年代와 國都는 모두 화살촉의 박혀 들어간 곳이다. 十六國·周·秦·漢·吳·魏·晉·六朝·隋·唐·五季·宋·元·明에 이르러 英雄豪傑과 戰爭割據한 자취 또한 모두 화살촉의 박혀 들어간 곳으로 바뀌었다. 수천백년의 후에 뒤늦게 태어나, 東韓의 한 모퉁이의 땅에 자취는 멀지만 말 채찍질해 산해관에 들어와 배

---

33 "余以一書生, 隨使价遊燕, 關塞萬里, 策馬哦詩, 橐之草, 已成篇什, 庶幾遇燕地快士, 一吐胸中奇崛, 足了半生逋債. 他那金銀錦緞, 握籌論星, 一應料理之物, 初不妨吾心眼, 視象胥編裨, 眞是閑漢. 茶飯之餘, 沿街散步, 皇都壯麗, 人物繁富, 領略眉睫間, 孤燭寒館, 臥念經歷, 森羅胸臆, 如物照鏡, 如此, 眞不枉走一遭燕薊間耳."

회하며 옛 자취를 살피고 기이함을 뒤지고 숨은 것을 찾음에 그 방불한 것을 구하자니 석양이요, 황량한 풀이요, 저물녘 까마귀요, 날아다니는 반딧불이로다. 저 황량한 언덕의 한 조각 바위도 오히려 화살촉이 박힌 자취를 부쳤건만 書契 이후의 二十一代의 일은 그 자취와 함께 찾을 곳이 없은즉 석양, 황량한 풀, 저물녘 까마귀, 날아다니는 반딧불은 오히려 화살촉 박힌 나머지라고 할 만하구나![34]

이 부분은 연암의 『熱河日記』「馹汎隨筆序」에서 시공간의 상대성을 이야기한 부분과 대비 고찰할 필요가 있다. 연암이 이론적이라면 김조는 훨씬 감상적으로 접근하였다. 이러한 김조의 創見은 「極樂世界」에서도 확인할 수 있다. 그는 북경의 太液池 서쪽에 있는 極樂殿을 구경하면서 險難과 辛苦의 과정을 거쳐 도달한 연행의 과정과 부처가 제시한 극락의 세계, 인간 삶의 과정 등을 교착시키며 서술하기도 하였다.[35]

---

34 "夫書契以前年代國都, 皆鏃沒處也, 以至十六國周秦漢吳魏晉六朝隋唐五季宋元明, 英雄豪傑, 戰爭割據之跡, 亦皆化爲沒鏃矣. 生晚數千百年之後, 跡遠東韓一隅之土, 策馬入關, 徘徊覽古, 搜奇索隱, 欲求其彷彿者, 夕陽也, 荒草也, 暮鴉也, 飛螢也, 彼荒岡片石, 猶寄沒鏃之跡, 而書契以來二十一代之事, 並與其跡, 而無可覓處, 則夕陽・荒草・暮鴉・飛螢, 尙可謂沒鏃之餘耶!

35 『관해록』,「極樂世界」,"(전략) 童子侍立向之, 千花衆香, 笙簫幢旛, 皆在下矣. 信手書去, 便與如來活潑潑坐地說無上妙法, 了無難色,『西遊記』中鬪戰勝佛也. 昔聞佛靈山說法, 五百仙人, 天龍人鬼, 皆來聽法, 大海騰波, 迦葉起舞, 波旬羅刹, 頂禮奔走, 一時大比丘衆千五百人, 娑婆世界, 善男信女, 焚香

또한 일상의 기록과 사실의 기록이 여느 연행록과 비교가 안 될 정도로 상세하면서 새로운 내용들도 많다. 예컨대 「飮食」, 「倡市」 등 주로 잡기에서 이러한 면모를 볼 수 있다. 대청 인식 역시 대단히 개방적이다.

무릇 북경에서 벼슬하는 자들은 미리 모두 장사 방법에 안배를 한다. 여러 길에 행상하는 자들은 대부분 각로의 인척들, 재상의 자질들로써 벼슬을 얻지 못하면 이 길(상업)로 귀착하여 자공의 재화를 옮기고 陶朱公의 재산을 이르게 하여 연이은 말과 마차로 왕공의 문에 노닐다가 하루아침에 순풍을 타니 벼슬하고 고을 원하는 것쯤은 새 깃털처럼 하찮은 것으로 여기고 不可한 일이 없으니 참으로 남자들의 쾌활한 세계이다.[36]

위 인용문은 「民俗雜記」 제16칙으로 서얼로 출세의 길이 막힌 김조의 처지와 상업을 천시하는 조선 양반의 세태에 대한 비판이

稽首, 始也悲啼, 旣皆歡喜, 無不登極樂世界, 是名爲無遮大會. 余乃惕焉回顧, 東海茫茫, 身如浮芥, 隨波逐浪, 偶然漂到, 宛在極樂西天. 夫車敗靑石之險, 馬倒遼野之風, 此未到岸前大苦行, 八十一難大苦, 亦只如是究竟, 究竟四十年雪山, 較三千里氷程, 費嘗諸般辛苦則一也, 乃知極樂天上, 半日隨喜, 足償生受之願力也."

36 "夫仕宦於京師者, 預皆按排一條貨路. 其行商諸路者, 類多閣老姻親·尙書子侄, 不得於科宦, 則歸於此, 遷子貢之貨, 致陶朱之産, 連騎結駟, 以遊乎王公之門, 一朝順風, 鴻毛做官作郡, 無所不可, 眞個男子們快活世界."

오버랩되는 글이다.[37] 北京엔 농업이 없고 대부분 상업에 종사한다고 하면서 水路(운하)의 발달과 사람들의 근면성을 얘기한 「민속잡기」의 제4칙[38]과도 연관되는 부분이다.

4. 『觀海錄』에 가해진 비평 양상

앞서 언급했듯이 『관해록』에는 벗들의 評批가 많이 적혀 있다. 특히 「會寧嶺」, 「瀋陽」, 「永平府」, 「榛子店」, 「皇城」, 「東嶽廟」, 「天主堂觀畵」, 「玉河記夢」, 「民俗雜記」 등에 비평 양상이 잘 드러나 있다. 그 중에서도 벗들로부터 가장 호평을 받았던 글은 「계문연수」이다.

　내가 이전에 薊門의 烟樹는 燕 땅의 절승의 경치일 뿐 아니라 천

37　이 글의 頭評은 "우리나라는 관직이 없으면 굶어죽기 쉽다. 명원은 관직이 있음에도 또한 장차 굶어죽게 생겼으니 이는 누가 그렇게 만드는 것인가(東人無官易餓死, 明遠有官, 亦將餓死, 是誰使然也)"라고 되어 있다. 김조순이 단 夾批에는 "우리나라의 벼슬아치들은 장사에 종사하는 것을 못마땅하게 볼 뿐이다. 향곡(나) 또한 그렇게 생각한다(東人仕宦不過睞着一條貨路, 香谷亦然)", "우리나라의 자식들은 그렇지 않다. 향곡(나)의 자식도 장차 그렇지 않을 것이다(東人之子不然, 香谷之子亦將不然)"라고 하였다. 김조가 언급한 의미와 다소 동떨어진 비평이라고 생각된다.

38　"燕地無農作之利, 都城內外百萬餘戶, 皆白地生活, 專以商賈爲業. 有潞河一條, 通東南貨路, 水陸貿遷, 故民賴豊富, 名場利藪, 眼明手快, 人無晏眠者."

하에 보기 드문 것이라는 얘기를 들었었다. 처음 玉田縣을 지날 때에 은은히 烟樹의 기미가 있었지만 이때는 날도 아직 따뜻하지 않았고 봄도 아직 본격적으로 접어들지 않았을 때였으니 마치 畵家가 처음 붓을 들었을 때 산 형체의 굴곡만 그릴 뿐, 물결의 가로 세로만 있을 뿐, 나무도 구체화되지 않았고, 사람도 눈을 그리지 않았을 뿐인 것과 같다. 오늘은 날도 따뜻하고 또 歸路인지라 동남쪽 너른 들을 장쾌히 봄에 바다만 있고 산은 없는 것처럼 보였다. 하얀 것이 파도 물결같이 들판에 뻗치고 밭두둑에 불어난 것처럼, 나무를 감싸고 마을에 서린다. 연이어 깔리고 점점 솜이 젖듯, 노을 같지만 노을은 아니고, 연기 같지만 연기도 아니다. 텅 비고 밝은 것이 멀어졌다 가까워졌다, 가지도 않고 오지도 않는다. 비온 뒤 산 기운인 듯. 반쯤 일어났다 반쯤 사라지니 황홀하기가 허공 속의 신기루인 양. 親狎하려들면 疏遠한 것이 거울 속 미인 같고, 바라볼 수는 있어도 친할 수 없는 것이 천상의 신선 같다. 이는 그 虛景을 묘사한 것이다. 대개 그 體는 매우 가볍고 엷지만 햇빛에 사라지지 않고, 그 態는 본디 요동하지만 바람에 끌리지도 않는다. 物에 닿아도 空이요, 境에 따라 變幻한다. 나무와 숲이 그것을 얻으면 위로 오르면 돛이 되고, 끌어안으면 사람이 되며, 뒤섞이면 깃발처럼 되니, 사람이나 짐승이 그 사이를 지나가면 마치 동틀녘인 듯, 꿈속인 듯, 물가를 지날 때 사람과 말 그림자가 거꾸로 비춰지는듯하니 이것이 곧 이른바 薊門烟樹다. 나무는 본디 나무지만 연기는 곧 연기가 아닌데 합쳐서 烟樹라 부르니 천하의 명실이 이처럼 늘 혼효된다. 어떤 이가 말하는 "연기 가운데 나무가 없는데도 나무가 있는 듯 보인다"는 것은 난장이가 장터 구경하는 것과 같으니 남의 견해만 따른 것일 뿐 자신의 견해는 아닌 것이다. 내가 이 설에 대해서는 특별히 분변한다.³⁹

계문연수는 연행하는 이들의 하나의 큰 볼거리로 각종 연행록에 많은 관련 시문이 있다. 김려의 전언에 의하면 김조는 그림을 잘 그렸다고 한다.(전게 주14 참조) 그래서인지 그림으로 비유를 들어 묘사하고 있다. 변화무쌍한 계문연수를 묘사한 이 글에 대해 벗들은 "이것이 이른바 소리를 없앤 그림 아닌가(此所謂省聲畵耶)", "일찍이 듣기를 귀신 얘기 잘 하는 자는 귀신 형상 묘사하기를, '말 머리에 소 몸뚱이를 한 것, 붉은 머리카락에 푸른 눈을 갖춘 것, 아름답기가 부인과 같은 것, 준걸하기가 장부와 같은 것, 혹 작기도 혹

---

39 "余昔聞薊門烟樹, 不獨爲燕地絶勝之景, 抑亦天下罕見. 始過玉田, 隱隱有烟樹意, 是時, 日猶未暖, 春未大動, 如畵師初起手時, 山形凹凸而已, 水紋橫竪而已, 樹未具體, 人未着眉而已. 今日天暖, 又是歸路, 快眺東南大野, 有海無山, 白如潮頭, 彌原漲畦, 擁樹浮村, 連爲布曳, 漸爲綿潰, 似霞非霞, 如烟非烟, 虛明瀅澈, 轉近轉遠, 莫往莫來, 却認雨餘山氣, 半起半滅, 恍若空中海市, 欲狎方疎, 是鏡中美人, 可望難親, 卽天上神仙, 此乃寫其虛景也, 盖體甚輕嫩, 而不爲日銷, 態本浮搖而不被風引, 着物成空, 隨境而幻, 林木得之, 而揚爲帆, 拱爲人, 紛爲幢節, 人獸之行於其間者, 如在曙色中, 如在睡夢中, 如行水邊而人影馬影倒在水中, 此卽所謂薊門烟樹, 而樹本是樹, 烟卽非烟, 合而名之曰烟樹, 而天下之名實, 每相混淆. 或稱烟氣之中, 無樹而有樹, 此侏儒之觀場也, 隨人之見, 而不能獨見也. 余於是特辨之."

크기도 하고, 혹 곡을 하고 혹 웃기도 하며, 혹 비를 몰기도 바람을
몰기도 하고, 혹 숨기도 하고 드러나기도 하니 순식간에 들릴 듯하
기도 보일 듯하기도, 잡으면 잡히지 않고 상상해보나 정해지지 않
으니 다만 한 줄기 식은땀뿐이요, 오래도록 읊조릴 뿐이다.'라고 했
는데 내가 이 『觀海錄』「薊門烟樹」에서 다시 그 귀신 얘기 잘 하는
자를 대면하였도다.(嘗聞善說鬼者形鬼狀, 馬頭牛身者, 赤髮靑眼者, 獠
牙毛腹者, 美如婦人者, 俊如丈夫者, 或短或長, 或哭或笑, 或雨或風, 或隱
或露, 倏忽閃疾, 或如有聞, 或如有見, 摸捉不得, 想像莫定, 直是一把冷
汗, 沈吟良久而已矣, 吾於『觀海錄』「薊門烟樹」, 復對說鬼者云爾)", "나
또한 한 폭의 '계문연수도'가 있으나 종이 위에 그리지 않았을 뿐이
다(我亦有一本'薊門煙樹圖', 未及畫在紙上)" 등의 비평을 하였다.

　「瀋陽」에 대해서는 '大鋪敍', '大排置'의 뛰어남부터 거론하면서,
700여자에 盛京(심양)의 현황과 역사를 다 담았으니 말 그대로 實錄
이라 할 만하며, 역사를 기술하는 자의 빼어난 솜씨라고 평하였
다.[40] 「東嶽廟」의 평어에서도 독자로 하여금 마치 현장에 있는 듯한
느낌을 갖게 한다면서 근세의 기사문 가운데 최고의 경지라고 극찬

---

40 "此編卽大鋪敍·大排置也. 夫以天子之尊, 有四海之富, 按萬里之地, 建都惟
　三, 設宮惟千, 自三代已然, 顧今皇帝, 安得不然. 然則城池甲兵錢穀人民之雄
　且盛, 制度儀文法令之整且密, 樓臺宮室苑樹之壯而要, 將復萬倍於三代矣.
　欲記其事, 雖禿毫千竿, 亦難盡焉, 非史家妙手, 不可寫其萬一也. 苟强寫之,
　亦將支離眩亂, 不知何物是何事何語是何處, 亦將與皇都亂而無別矣. 此公心
　手, 不遑不忙, 只七八百字, 寫得盛京實錄, 眞是修史妙手."

하였다.[41] 「皇城」에서는 「심양」과의 대비를 통해 평을 하였다. 「심양」은 소략(略)하고, 「황성」은 자세(細)하여 조건에 따라 자유자재로 운용하는 神筆을 보여주고 있다고 하였다. 요즘 기사문들이 誇耀張大한 것만을 능사로 삼는 글씨기와는 차원이 다르다고 극찬하였다.[42] 한편 북경에 대한 총평이 담긴 「民俗雜記」 제30칙에 대한 평어에서는 "是「貨殖傳」妙法, 可惜閑却心手"라고 하여 『史記』 「貨殖列傳」의 기술 방식에 핍진하나 다소 한만하고 자질구레한 흠 또한 지적하기도 하였다.

「天主堂觀畫」에는 상세한 내용이 없다. 그러나 평어에 "『수호전』의 108인이 각각 다른 재주를 가졌듯이 총괄하여 이름하면 '양산박의 훌륭한 놈들'이라 할 수 있는 것이다."(『水滸』一百八人人各異技, 摠之名之曰, '山泊好漢')라고 되어 있는 것으로 볼 때 이 부분은 본문이 혹 산삭되었을 가능성이 있다. 한편 본문의 "皇城諸勝, 太和殿以石欄干勝, 五龍亭以水勝, 太學以石鼓勝, 而琉璃廠以繁麗名, 天主堂以畫名, 他萬佛·大雄·極樂等觀, 皆以結構並擅壯麗云."에 대해서는 그 아래에 "이 문장

---

41 "此一編節節可驚, 句句可恐, 如身自當之, 文章之動人目如是乎. 吾觀近世記事之書頗多, 未爲如此編之妙者. 盖疏密綜錯, 整如孫吳語兵, 苛如商君制法, 如建國設都, 如營室作宮, 如侏儒一場大戲, 如恒河諸佛, 無遮會上聽法旨, 非心到手到眼到筆到者, 則不敢記之, 非筆到眼到手到心到者, 則不敢傳之, 傳之, 亦不知如何探妙法."

42 "自此至皇城諸勝十餘段, 記皇城事也. 余於「瀋陽記」中, 略及此公記事妙法, 若瀋陽則略, 皇城則細, 尤見其神也. 今夫爲記事者, 每以誇耀張大爲能, 貴耳而賤目."

은 '「황성」의 대강령'이다(皇城大綱領)", "황성의 명승을 제대로 보고 감상할 수 있는 작자야말로 인생 가운데 '쾌활'로 최고라 할 수 있으니 응당 이 문장으로 첫 머리를 열어야 할 것(人生以狀諸勝, 當爲首題)"이라고 평하였다.

이상의 비평 양상을 통해 연행록에 나타난 산문 비평의 사례를 확인할 수 있다. 평어 가운데『수호전』,『서유기』등 소설이 자주 인용되고 있는데, 김조의 절친한 벗인 김조순과 김려가 명청소설 애호가였다는 점을 염두에 둘 필요가 있다.

5. 『觀海錄』의 가치 – 결론을 대신하여

지금까지 김조의 연행록인『관해록』의 체제, 표현 및 내용상 특징, 비평 양상을 고찰해 보았다. 마지막으로 동시기 연행록과의 비교를 통해『觀海錄』이 지니는 연행록으로서의 의의를 논하는 것으로 결론을 대신한다.

『관해록』은 서정성 넘치는 소품문 성향이 농후한 연행록이다.『열하일기』는 사상적 진보성도 단연 최고이지만 그것을 뒷받침하는 것은 현장성, 유머와 해학, 莊重한 고문체, 자기 내면의 반성적 토로와 서정성 등이다. 이 점에서 전무후무한 최고의 여행기가 되었다. 이에 비해『관해록』의 최대 특장은 간결성과 시적·소품적 문예미이다. 사상성이 다소 약하기는 하지만 '閒雅함'이 주는 여운은 상당하다. 『담헌연기』와『열하일기』의 영향도 일정 정도 감지되는데,[43] '北學'

으로의 열의가 강하지는 않지만 「民俗雜記」, 「衣服」, 「飲食」, 「倡市」 등에서 중국의 풍속과 제도를 기록한 부분은 놀랄 만큼 정밀하다.

또 연행록으로서는 드물게 수준 높은 비평이 가해졌다는 점에서 『관해록』이 지니는 가치는 충분하다. 이 시기 산문 비평의 활성화가 연행록에까지 미쳤음을 알 수 있다. 아울러 비평 가운데 『수호전』(특히 김성탄평본), 『서유기』 등 소설이 자주 인용되고 있다는 점도 특기할 만하다. 김조의 절친한 벗이었던 김조순, 김려 모두 명청 소설 애호가 남다르다는 점을 유념할 필요가 있다.

---

43 『관해록』, 「옥하기몽」 제6칙, "余遊燕涿有九恨, 如此大都會, 不見衣冠文物, 一恨. 不見黃金臺, 二恨. 不見皇帝, 三恨. 不見西山, 四恨. 不及見元宵燈戲, 五恨. 與徐大榕・朱慶貴輩, 相敍無幾, 酬和不久, 大都留館, 二十六日, 逢別甚促, 六恨. 月夜不得遊金鰲・玉蝀之間, 七恨. 歸路不登角山(山海關北之最高峯), 八恨. 榛子店不見季文蘭題詩處, 九恨也."

金　照, 『燕行錄』, 국립중앙도서관 소장본(古2817-6); 임기중 편(2001),
　　　『연행록전집』 70, 동국대출판부.
金正中, 『燕行錄』, 성균관대 대동문화연구원(1960), 『연행록선집』 상.
金祖淳, 『楓皐集』, 한국문집총간 289, 민족문화추진회.
金　鑢, 『藫庭遺藁』, 한국문집총간 289.
徐榮輔, 『竹石館遺集』, 한국문집총간 269.
成大中, 『靑城雜記』, 이병도 소장본.
申　緯, 『警修堂全藁』, 한국문집총간 291.
沈魯崇, 『孝田散稿』, 연세대 소장본; 학자원(2014).
李德懋, 『靑莊館全書』, 한국문집총간 257~259.
李明五, 『泊翁詩鈔』, 한국문집총간 속102.
李晚用, 『東樊集』, 한국문집총간 303.
趙冕鎬, 『玉垂集』, 한국문집총간 속125~126.

해풍김씨대종회(2010), 『(世譜發刊200주년기념)해풍김씨대동보』(전3책).

김영진(2011), 「燕行錄의 체계적 정리 및 연구 방법에 대한 試論」, 『대동한
　　　문학』 34, 대동한문학회.
박준원(1994), 「『潭庭叢書』 연구」, 성균관대 한문학과 박사학위논문.
유봉학(1997), 「風皐 金祖淳 연구」, 『한국문화』 19, 서울대 한국문화연구소.
漆永祥(2007), 「佚名《燕行錄》作者及文學價値考述」, 『중국학논총』 21, 고
　　　려대 중국학연구소.

관해록
觀海錄

범례

1. 이 책은 1784년 12월 冬至兼謝恩正使 박명원의 군관으로 수행한 김조의 『觀海錄』을 脫草·標點·校註한 것이다.
2. 『觀海錄』은 국립중앙도서관 소장본으로 그 서지목록에는 '燕行錄(古2817-6)'으로 기재되어 있는바 원표지부터 앞부분 일부가 낙장되어 임의로 붙인 제목이다. 임기중편 『연행록전집』(동국대학교 출판부, 2001)에도 동일하게 '연행록'으로 수록되었던바 교주자의 고증을 통해 원제를 '관해록'으로 추정하여 이를 반영하였다.
3. 이 책은 고전문헌에 통용되는 일반적인 한글의 표점 방식을 따른다. 단 原註는 -, 評批는 【 】로, 원본 자체의 마멸자는 □로 표시한다.
4. 고유명사는 인명과 지명만 밑줄로 표시한다.
5. 작품명은 「 」, 서명은 『 』로 표시한다.

金照 『觀海錄』

……[1] 爲大水也. 蓋其源出白頭山, 千里不絶, 此其所
以爲大也.

露次

九連城, 是金國時斡魯[2]所築, 九城相連故云爾. 火堆四
圍, 烟光冪地, 飛焰奔空, 的爍如珠. 三使臣[3]·裨將·舌人,
皆設幕次, 暖如房屋, 不知有大風寒. 軍牢吹三通角, 郵
卒·驅者, 一時應聲, 山谷皆震. 火圍中人馬環遶, 依然若

---

1 본서는 원 표지부터 본문 시작에 결락이 있다. 책의 상태나 작가의 매우 간
   결한 글쓰기 성향으로 보아 결락의 분량은 한 두장을 넘지 않을 것으로 보인
   다. 압록강 도강 정도만 빠진 것이 아닐까 추정된다.
2 『대청일통지』 권93의 구련성 조에 "鳳凰城 동쪽에 있으며 조선 경계에 가깝다.
   『金史』에 斡魯가 海蘭甸 지역에 9성을 쌓아 고려와 대치하면서 전투하고 수비
   하였다고 되어 있다. 지금 봉황성 바깥에 구련성의 유허가 있다."라고 하였다.
3 정사 朴明源, 부사 尹承烈과 서장관 李鼎運을 말한다.

在戰場.

九連城遺址, 積雪中尙可指點. 所過樹林疎密, 溪洞透迤, 往往有村莊, 鷄犬之悠然意想. 磨盤柱礎多棄置道傍者, 蓋昔人居遺蹟也.

過湯站, 抵宿蔥秀. 與我瑞興之蔥秀, 大略相似, 石色溪□, 未可與瑞興爭奇. 但家國天涯, 地名如舊, 徘徊吟賞, □[4]能自已. 【越鳥懸南枝.[5]】【夢中看畫.】

柵門

柵門列木爲柵, 東跨翔龍.-翔龍. 山名.-絶一川而西, 編草蓋屋, 設板爲扉, 南北之限, 一笆籬之疎, 而彼我互不得踰越, 眞孫武所謂畫地以守也.[6] 柵內開衙, 有門御史掌

---

4 蟲蝕으로 글자 판독이 안 되나, 의미상 '不'로 보았다.

5 고향을 그리워하면서도 가지 못한다는 뜻이다. 「古詩十九首」에 "호지의 말은 북풍에 몸을 의지하고, 월지의 새는 남쪽 가지에 둥지를 짓네.〔胡馬依北風, 越鳥巢南枝.〕"라고 한 데서 온 말이다.

6 『孫子兵法』 제6 「虛實篇」에 "우리가 싸우고자 하지 않으면 비록 땅을 긋고 지키더라도 적이 우리와 싸울 수 없는 것은 적이 가는 곳을 어긋나게 하기 때문이다.〔我不欲戰, 雖畫地而守之, 敵不得與我戰者, 乖其所之也.〕"라고 하였다.

門. 我使抵柵, 則門御史關由于鳳凰城將. 城將到來, 方纔開門, 納我使也.

此燕地初入之門也. 柵內村市, 不滿百戶, 亦無名城巨鎮, 可以供觀. 而寓目皆初見, 衣冠非我也, 言語非我也, 風土非我也. 形形色色, 觸境可駭. 又是臘月旣盡, 異鄉逢辰, 客心悽悽, 土炕寒燈, 歸夢忽忽. 暝村紙爆, 【幾山幾水, 夢斷幾時.】看得家家門門, 春帖桃符, 歲色依然.

鳳凰城

人有適燕者, 爲余言, 初到鳳城, 眼纈口哇, 以爲天下無如也. 及到瀋陽·鳳凰, 不覺窅然自喪, 觀于皇城, 始知天下如鳳凰·瀋陽者, 處處皆有, 又何足道. 東方之人, 多河漢其言, 身親見之, 方目眩心花, 如入珠山寶海, 不知其物名品格, 而直言其壯也, 眞箇好笑人也. 余亦初到者, 觀其城郭·市井之富麗芬華, 已非東人眼孔所嘗見者. 以此推之, 皇城之大, 想像可得, 況盛京曾彼建都者乎?【盛京, 瀋陽也.】

會寧嶺

【戎裝匹馬，困頓凄楚，嶺風溪雪，石磴危渡，行行轉甚．此際回想，家國渺然，爭似青郊老屋．萬籟ㅋㅋ[7]，山妻樵童，薄酒麤飯，如此冷澹生活，□人身世，□□困苦．】

是日之寒，發程後第一大寒，是嶺之險，沿路之第一大險．山風刮面，嶺雪滿目，馬如蝟毨，人作龜胗．沽蠻酒飮之，酒皆燒刀[8]，暫時救寒．嶺底有關王廟，塑像甚小，面淡紅如微醺，左右兩塑像皆白描．關公桌子上，有靈籤與籤筒，旁邊塑周倉[9]像，捧刀而立．

嶺勢初甚峻急，中漸透迤，凡四五折，峯轉樹廻，旣往復來，上下幾十里，氷磴雪林，冷射雙眸．

---

7 'ㅋㅋ'는 바람 소리를 말한다.
8 중국 요동 지역에서 유행했던 옛 소주이다. 또한 '燒刀子酒'라고 한다.
9 『三國志演義』에 의하면, 주창은 部將으로서 관우를 좌우에서 보좌하며 많은
　공을 세웠는데, 吳나라 呂蒙이 荊州를 습격했을 때 관우가 양자인 관평과 함
　께 참수되었고, 이 소식을 들은 주창은 뒤따라 자결하였다.

青石嶺

嶺較**會寧**, 差低而路險, 山惡倍之. 石色如青黛, 有紋狀, 若疊牀累几. 樹僵藤臥, 氷雪滿逕.【好布置.】惟昔**寧廟**[10]駐蹕于是嶺也, 胡風陰雨之苦, 發於歌詠, 至今傳唱.[11] 凄寒入骨, 嗟彼青石磊砢, 古今車轍, 百碾千磨, 此恨悠悠, 何時可磨.【忍下此筆耶.】

蕙秀之佳, **青石**之險, 地名相同, 地形相肯. 意者**中州**地脈, 散在東隅, 磅礡瀜結, 別作小中華耶? 是可異也.【是是.】

遼野

踰**石門嶺**, 過**冷井村**. 自此以往, 卽**遼陽**初入之路, 山

---

10 孝宗(1619~1659)을 말한 것이다.

11 호풍음우의 曲調로, 효종이 병자호란이 일어난 다음 해인 정축년(1637, 인조15) 2월에 瀋陽으로 붙잡혀 가면서 지은 시조인데, 그 내용은 다음과 같다. "청석령 지나거다 초하구 어디메오 / 호풍도 차도찰사 궂은 비는 무삼 일고 / 뉘라서 내 행색 그려다 님 계신 데 보낼꼬.〔青石嶺已過兮, 草河溝何處兮? 胡風凄復冷兮, 陰雨亦何事? 誰盡其形象, 獻之金殿裏?〕"

形漸低, 天勢漸闊, 虛明空漠, 轉入無垠. 却憶兩嶺 – **會寧**·**青石** – 之險, 峽束天小, 費經崎嶇, 坤輿乾軸, 至此方舒浩氣. 東邊若個峰巒, 隱隱帖地, 遠林如髮, 平蕪極目, 望如地盡, 到與天長. 西南海氣, 蒼然若霧, 與樹影烟光, 合成一暈. 昔**崔簡易**有詩曰, "遙空自入無山地, 淡靄多生有樹村."[12] 馬上吟哢, 愛其句警而境眞. 余亦有詩曰, "漠漠憑虛疑水近, 團團如古覺天多." 可以見**遼野**之大也.

湖有**洞庭**七百, 野有**遼東**八百, **洞庭**之外, 猶有**弱水**三千, **遼東**之爲野, 恐未有爭其大者. 東連**烏喇**[13]·**寧古**[14], 西入**渤海**·**碣石**, 際天茫茫, 無拳石之小介吾胸襟也. 處士則有五十年讀書木榻之**管寧**,[15] 英雄則公孫兄弟 【**公孫康**[16]·

12 崔岦의 『簡易集』 권6 〈三月三日, 登望京樓, 遼陽城〉에는 "城上高樓勢若騫, 危梯一踏一驚魂. 遙空自盡無山地, 淡靄多生有樹村. 北極長安知客路, 東風上巳憶鄕園. 閑愁萬緖那禁得, 料理斜陽酒一樽."이라고 기록되어 있다.

13 오라는 길림성 동북방의 松花江 동쪽 일대이다.

14 영고는 寧古塔을 가리킨다, 청나라의 발상지가 영고탑이므로 청나라가 쇠망하여 중원에서 밀려나면 다시 그들의 발상지인 영고탑으로 돌아올 것이라는 말이다.

15 『三國志』 권11 「魏志·管寧傳」의 "이는 관녕이 자신의 뜻과 조행을 온전히 지키려고 한 일이지 일부러 淸高함을 지키려고 한 일이 아니다."에 대한 裴松之의 주에 晉나라 皇甫謐의 「高士傳」을 인용하여 "관녕은 늘 나무 의자 하나에 앉아 50여 년을 지내면서 한 번도 양다리를 쭉 뻗고 앉은 적이 없었

公孫淵[17] 慕容氏】隋帝·唐宗. 橫戈躍馬之墟, 此足與遼野
爭雄, 而茫然風沙, 今安在哉?【何等布置, 何等心手, 只是措
大强作大話.】

舊遼東白塔

此漢時遼陽 丁零威化鶴處也.[18]【起得突兀, 怳惚蜃樓, 吾

다. 이 때문에 평상의 무릎 닿은 곳이 다 닳았다."라고 하였다. 원문의 "요
동 평야의 버려진 백성을 배울 수 있으리라〔庶可學遼野逸民〕"은 관유안이
187년에 난리를 피해 요동으로 가서 위와 같은 담박한 생활을 하였기 때문
에 한 말이다.

16 魏나라 초기의 장수로 公孫度의 아들이다. 공손도의 뒤를 이어 요동 태수
로 있으면서 고구려 왕 伊夷模 즉 山上王을 공격해 丸都城으로 도읍을 옮
기게 하고, 또 낙랑 지방에 세력을 뻗쳐 대방군을 설치하고, 韓·濊도 공격
하였다.

17 公孫康의 아들로 위 나라를 도와 遼東太守가 되었다가 자립하여 燕 나라를
세우고 왕을 자칭하였으나, 위 나라 司馬懿에 의해 토벌되어 멸망하였다.

18 『搜神後記』「丁令威」에, "정령위는 본래 요동 사람이었는데, 靈虛山에서 도
를 배웠다. 그 뒤 학으로 변하여 요동으로 돌아가 城門의 華表柱에 앉았다.
그때 소년들이 활을 들고 쏘려고 하자 학이 공중으로 날아가 배회하면서 말
하기를, '이 새는 정령위라네. 집 떠난 지 천 년 만에 비로소 돌아왔네. 성곽
은 옛날 그대로나 백성들은 옛날 백성이 아니었네. 어찌하여 신선이 되지
않고 무덤만 즐비한가?〔有鳥有鳥丁令威, 去家千年今始歸. 城郭如故人民非,

不及見，不過如是法.】古郭陵夷，往往如斷山，見其週遭猶在求問，其所謂華表柱者，茫然不知其處. 或云，遼東有華表山，山有華表觀，觀之前有華表柱，觀已毀，柱亦失其處，然否？傳又言，張茂先【張華也.】用燕昭王墓前華表樹照斑貍，得其眞形,[19] 豈其柱耶？【憑空結架，有堂有紀.】

新城築繞三年，城之周廻在舊郭之內. 入綏遠門，城闉衢咽，市街繁華，是遼東一大都會也. 使价之行路，從阿彌庄前，直北而去. 要觀白塔，則路稍迂，罕有至者. 故見朝鮮人入城，彼皆聚族而觀，或至擁馬而不得前，腥臊逆鼻，揮而復來.【自取嗅之，雖有古角生華，決一片分，誰教你嗅之.】

關王廟在遼城西門外，殿宇壯麗，塑像雄偉，崇碑華額，雕墻畫壁，眼花歷亂，應接不暇. 曾聞燕地之俗，甚尊關王，三家村裏，十室邑中，塑的是關聖，建的是關廟. 就中第一雄麗者，舊遼東關廟，其次中右所云.

白塔在關廟之西北，或言唐太宗征遼時，尉遲敬德[20]所建. 其高十七層，塔尖則風磨銅造成，塔之八面，石刻羅

何不學仙家驀驀.』라고 하고 창공으로 날아가 버렸다."라고 하였다.

19 『搜神記』 권18에서 나온 이야기이다.

20 唐 太宗 때의 명장인 尉遲恭으로 경덕은 그의 자이다.

漢菩薩, 栖鴿數百, 飛繞塔層, 盤旋不下. 試望遼天, 一色蒼然, 千年白鶴, 不見其處. 吾欲問諸飛奴[21], 曾見華表柱頭翩躚作人語者乎? 自**遼陽**古郭外, 蓬科馬鬣, 滿目纍纍, 豈**零威**所謂不學仙者乎?

自**遼東**達于**皇城**, 夾路皆種柳, 或有斷絕處, 而丨里五里, 離而復續, 遠近相望, 參差成行. 不然, 如許曠野行者, 不辨方向也.

瀋陽

【此編卽大鋪敍大排置也. 夫以天子之尊, 有四海之富, 按萬里之地, 建都惟三, 設宮惟千, 自三代已然. 顧今皇帝, 安得不然? 然則城池甲兵錢穀人民之雄且盛, 制度儀文法令之整且密, 樓臺宮室苑樹之壯而要, 將復萬倍於三代矣. 欲記其事, 雖禿毫千竿, 亦難盡焉. 非史家妙手, 不可寫其萬一也. 苟强寫之, 亦將支離眩亂, 不知何物是何事, 何語是何處, 亦將與**皇都**亂而無別矣. 此公心手, 不遑不忙,

---

21 비둘기를 말한다. 『開元天寶遺事』에 張九齡이 친척들에게 편지를 보낼 때 비둘기 발에 편지를 묶어 전하게 하였는데, 아무리 먼 곳이라도 날아가 전하였으므로 '飛奴'라고 불렀다고 한다.

只七八百字，寫得盛京實錄，眞是修史妙手.】

始淸人起自寧古，進據遼·瀋，乃以寧古爲興京，以遼爲中京，以瀋陽爲盛京，遂建都焉. 蓋淸人，得此始盛，故曰盛京.【齊齊整整，史公筆法.】北距寧古塔二千餘里，南距大海 -渤澥也.- 二百里. 寧古是淸人之巢穴，而其所往來，必由瀋而爲路. 瀋卽寧古之要衝也，且淸人之先，多葬于城西，- 所謂昭陵[22]·孝陵[23]·光陵也，皆魯花赤[24]父母云.[25]- 故其所建設，無異於皇城，號曰奉天府. 城之週遭，外城四十里，內城二十餘里，宮曰大淸，殿曰大政，曰崇文，樓曰鳳皇. 行宮門外，列以壘槍，-列木如柵，塗以朱漆.- 中建牌樓，題其扁曰文德坊，旁書崇德二年[26]立五字，蓋左爲文德，右爲武功也.【左丘畧法.】壘槍之右，有一殿面南，制度甚宏麗，蓋以

---

22 누르하치의 부모가 아니고 아들인 청 태종 황태극의 무덤이다.

23 효릉은 청나라 세조 순치제의 무덤이다. 그리고 심양이 아닌 오늘날의 중국 하북성에 있는 것이다.

24 청 태조 누르하치를 말한 것이다.

25 심양에 있는 청나라 황릉은 두 곳밖에 없는데 각각 누르하치의 福陵과 황태극의 昭陵이다. 그리고 누르하치 조상의 무덤은 오늘날의 撫順市에 있고 심양의 두 황릉과 함께 "산해관 외에 있는 세 곳 황릉〔淸關外三陵〕"이라 불린다.

26 즉 1637년이다.

黃瓦, 間或有靑者. 殿前兩紅柱, 作金龍蟠挐, 奮爪掀鬐,
直欲飛動.

　城門之東而大者曰撫近, 小曰內治, 南而大者曰德盛,
小曰天佑, 西之大者曰懷遠, 小曰外攘, 北之大者曰福盛,
小曰地載, 大小凡八門. 部有五而無吏部, 只有侍郞, 皆
自皇城差遣, 三年一遞云. 有奉天將軍·府尹·知縣等衙門,
門外皆設行馬, –狀如拒馬木者.– 現今奉天將軍, 卽皇侄永
瑋, 鎭寧古塔者, 皇子永瑢云.【皇帝亦有私意, 請看他皇姪鎭
瀋. 皇子鎭寧古, 寫有次序.】民戶分爲二十七社, 社如我東之
坊. 而每社中所屬者, 不知其幾戶, 統以言之, 殆過數萬
餘戶. 雖僻衖小民之居, 亦不見編茅之屋, 可知其殷富也.
甲軍爲六十六牛彔[27], 牛彔如我東之哨官, 而每牛彔爲八
千人云.

　德盛門內, 有朝鮮館, 卽我孝廟駐蹕處也.

　自柵到瀋, 直北而行, 自瀋陽路始折而西向, 不受朔方
寒氣.

　沿路肉鋪·麪店·酒局·茶坊, 足以救飢止渴, 而肉則太牛
驢馬, 不可喫. 麪稱粉湯, 和猪肉蔥醋作湯, 甚不適性. 茶

27　牛彔章京으로 벼슬 이름이다.

則點茶[28], ‒ 不是烹茶. ‒ 皆可以吃. 酒則燒酒, 【安有酒而化灰醸者乎? 直以所盛者柳器, 憂其滲洩, 以白灰塗其器之內外. 彼人性習, 不知臭惡, 我輩一嗅, 已覺逆鼻. 我人中慣飲者, 亦不謂有臭, 道是烈味, 譯人金致瑞是也.】 和灰醸得, 臭味俱不佳. 至瀋陽, 酒多名品, 所謂葡萄酒·荔支露·佛手露·史國公, 色性香味, 俱爲絶品. 其中竹葉清, 頗似我東之清酒, 味亦醇澹. 是日即人日, 行臺[29]買竹葉清一壺, 邀余共醉, 各得一詩而罷.

乙巳正月初九日, 發瀋陽. 出其城西門, 朝陰未散, 天色如潑雄黃, 微風拂拂, 暗塵颯颯. 過願堂寺, 風漸大, 到塔院, 天野決漭, 不辨其際. 俄者, 瀋陽城外, 是蘋末之微[30], 到塔院, 已盛土囊之怒矣. 又是茫茫大野, 無高山之限, 而風斯遇空矣. 決裂崩迫, 如波濤捲瀉, 茫昧澒洞, 若雲霧合散, 飛塵纏過, 驚沙乘之, 人不開睫, 馬皆噴鼻. 斯須稍定, 前路微開, 見一行從者, 鬚眉皆黃, 笠帽俱落, 握

---

28 차 분말에 끓인 물을 넣어 젓는 것을 말한다.

29 서장관인 李鼎運을 말한 것이다.

30 蘋末之微와 土囊之怒는 각각 살살 부는 바람과 큰바람의 뜻으로 宋玉의 「風賦」에 나온 고사이다. 원문은 다음과 같다. "夫風生於地, 起於靑蘋之末; 侵淫溪谷, 盛怒於土囊之口."

鬟而立, 此發行後第一大風也.

我使之行, 迎送官鳳城章京**何力布**也.－章京, 如我東之鄉
邑把摠.－通官**太平保**, 亦**鳳城**人也. 始自**鳳城**, 隨護我行,
至于**皇京**也. 衣重裘, 俱乘太平車, 從者各一騎. 彼素與
我人相熟, 偏能作朝鮮人語, 而舌本猶屈强, 往往如三歲
兒初解語.【我讀『老乞大』然你道漢語, 敎我聽你道不分明時, 却
不是羞也. 羞也, 快休題這話.】

護行甲軍, 行不越界, 各站遞送, 三三五五, 或先或後,
皆快馬健兒.

醫巫閭山 附十三山

過一**板門**, 始見西北數山, 隱暎馬首. **八站**長路, 煞覺
支離, 野意將窮, 山色忽來, 令人改觀.【如**斲山先生**[31]覿盧

---

31 착산선생은 김성탄의 지인으로 김성탄 비평『수호전』과『서상기』에 여러
   번이나 언급되었던 인물이다. 최근의 연구에 의하면, 착산선생은 명나라 사
   람 王瀚의 호라고 한다. 왕한은 1606년경생으로 자가 其仲이며, 박식하여
   유머가 많은 사람이다. 김성탄이랑 교유한 지 30년 넘었는데, 이만큼 친밀
   한 관계 덕분에 김성탄 비평본『수호전』과『서상기』에 흔적을 남겨놓을 수
   있었다.

山法, 香谷亦曾如是□□.】 遠望西北數山之外, 一大山自北
邐迤而來, 橫亘天末, 蒼然一氣, 磅礴無外, 乃醫巫閭山
也. 距此尙六七百里, 曼衍博厚, 望之甚雄.

山在冀州之東北, 爲幽州之鎭, 卽舜封十有二山之一
也. 其山起自鮮卑, 絶蒙古地千餘里, 西南直趨于海. 割
遼·薊之界, 遂爲山海關, 蓋天設長城以限華夷也. 其氣蒼
鬱盤天, 其勢繚繞截野, 遼陽八百, 至此而蹙, 眞崑崙之
正脈, 而右撫木葉 - 巫閭之對山也. - 之脊, 直抗長白之顔. -
長白, 卽我東之北界白頭山也. -

山有桃花洞, 明末賀給事欽[32]隱居讀書處也. 洞中泉石
花木, 極饒幽趣, 欽亦高士, 世稱醫巫閭先生云. 欲訪東
丹王[33]舊栖, 荒落無遺躅可尋. 君以耶律家兒, 棄富貴如
脫屣, 抱書入山, 唯恐不深, 若無奇志特行, 安能獨往物

---

32 賀欽(1437~1510)의 자는 克恭, 호는 의려이다. 일찍이 陳獻章이 강론하는
   것을 듣고는 그날로 즉시 벼슬자리를 내던지고 가서 스승으로 섬기면서 학
   문을 배웠다. 그 뒤에 의무려산으로 들어가서 理學에 전념하면서 마을 사람
   들을 감화시키니, 사람들이 의려 선생이라고 일컬었다. 문집으로 『의려집』
   이 있는데 이 책은 조선에서도 목판으로 간행된 바 있다.

33 耶律楚材를 말한 것이다. 耶律楚材(1190~1244)는 元의 명신으로 자는 晉卿
   이요, 遼東丹王 突欲의 후손인데 群書를 박람하여 원 세조는 軍國의 대사를
   맡길 만하다고 하였다. 어렸을 때 아버지를 여의고 어머니가 그를 데리고
   桃花洞에서 풀집을 지어 살았다.

表乎?【君以衣布寒兒, 能知富貴之可厭, 抱書入山之爲獨往物表, 無奇志特行, 安能辦出如許好文字耶?】

北鎭廟在山腰, 登此則茫茫**遼野**收諸掌上也. 歸路, 行臺要余共攀, 余以馬病, 竟失偉觀, 名山秪在眕眜間. 而**翠雲屛上**, 【是**北鎭廟**勝境.】 不能題一詩, 回耐窮相馬, 曳足如跛鱉, 可恨可恨.【此一節可惜.】

十三山, 大野西邊一拳石之小者也. 平地斗起, 矗矗如卓, 筆峯雖小, 而頗能奇峭, 兀然無所依附, 渾成異樣骨格. 北望**醫巫閭**, 此山乃其兒孫也.

松·杏

松山·杏山, 卽**明**末**淸**初大戰場, 原野蕭條, 風日慘憺, 至今猶有殺伐之氣. "蓬斷草枯, 凜若霜晨", **李華**「古戰場文」[34]寫得酸鼻.

---

34 원 제목은 「弔古戰場文」으로 『古文眞寶』에도 수록되어 있다.

寧遠衛 附嘔血臺

此明將**袁崇煥**用地雷砲，大破淸兵處也．崩城敗壁，烟樹暮鴉，【類**袁經略**「勝戰碑文」，大手筆．】想當年，霹靂車翻，坤軸震裂，**祝融**熛怒，焰海騰沸，燒得**女眞**鐵騎，化作走燐飛灰．滄桑冷劫，古跡如掃，而我思**袁公**，凜然如存．以說禮敦詩之姿，兼折衝禦侮之才，妙年登壇，談笑破虜，屹然東北，爲**長城**之壯心，竟**武安**名高，**子胥**身殲，遂使滿人大膽敢窺**山海之關**．志士覽古，尙欲嘔血．

嘔血臺在**寧遠城**東一山，頗峻，可以瞰城．上有**袁崇煥將臺**，滿帝之憑高觀戰處也．見地底雷轟，軍中火發，漫山鐵騎，隨焰而爐，**滿帝**遂痛哭，嘔血而走，因名其臺曰**嘔血**．或云，**袁崇煥**知**淸**人傾國而來，亟令盡毀外郭，佯爲棄城而走．**淸**人遂欲乘勢深入，平明整兵，長驅而進，城復完矣，**虜主**大以爲神，竟嘔血而去．二說姑未知孰是也．【上說當是而未必眞是也，下說未必當是而亦是何耶？上事如人，下事如鬼，如鬼，人所不信，如人，人所易信．吾請以上說與世人看，下說與吾輩看，畢竟兩存，兼見袁公之神，不必思辯一說以作斷案．】

是日卽上元，昨過**廣寧**，人家往往植燈竿，疏密可數，竿頭縛樹枝爲標，頗似我東浴佛日光景．暮過**高橋堡**，路傍寺剎人家，燈光點點，隱映暝樹間．今夜天無纖翳月，出**嘔血臺**東, 陪副价**尹公**·行臺**李公**, 散步店舍庭中. 遂到店門外, 天益曠, 月漸多. 夫離人看月則思鄉, 曠士看月則懷古, 家在半萬里外, 則不如置而勿思. 事在近百年前, 則安得捨而不懷? 試看月出於**嘔血之臺**, 流照於**寧遠之城**, 月固漢時月也, 城固漢將守也, 缺甃荒苦, 城已崩矣, 殤魂戰骨, 月猶照矣, 則對月懷古, 城雖崩而其人斯存, 其人之身, 昔爲長城也, 月本古而其人斯照, 其人之魄, 卽如大月也.【〈弔袁公文〉】余顧行臺曰, **廣寧**則大野看月, **寧遠**則古城看月, 大野甚快, 古城易悲, 悲者憂之集也. 行役之苦, 鄉國之戀, 一時攪心, 則如此好月, 便向百憂中抛去, 豈不惜哉? 眼前雖無竹栢影, 沙磧之間, 得此好月, 原隰之暇, 得閑人, 如我輩鮮矣. 暫時閑步, 亦不減承天夜游[35]云.【畢竟布衣身分.】

---

35 蘇軾이 黃州로 좌천되었을 때 지은 「記承天寺夜遊」라는 글에 "어느 밤에 달이 없겠는가? 어느 곳에 대나무와 잣나무가 없겠는가? 우리 두 사람처럼 한가한 사람들이 많지 않을 따름이다.〔何夜無月? 何處無竹栢? 但少閑人如吾兩人者耳.〕" 하였다.

祖大壽牌樓

祖大壽牌樓在**寧遠城**延輝門內．牌樓凡二座，其一則**祖大樂**之所記功也．立四石柱，爲三間門，中高而左右差低，棟梁楣桷，欄楯窓格，皆斲石造成，不假一片土一寸木．至若飛甍重簷，參差可數，四箇石狻猊，負柱礎而蹲，前后脚各鎭一獅子．中門第一層揭石牌，竪書玉音二字，第二層橫書元勳初錫四世元戎少傳登壇駿烈忠貞胆智等十八字．【何等榮耀.】第三層橫書四世官銜**祖仁**，**祖鎭**，**祖承訓**·承教，**祖大壽**·大樂，卽四世遼廣總督也．又刻畫螭龍花卉甲馬戰鬪狀，柱之面面，牌額森羅，皆天子殊錫而褒祖氏之赫世忠勇也．【何等榮耀.】他日**大凌河**之役，**大壽**兄弟，不戰而降，世將勳業，一時掃地，惟彼牌樓，巋然獨存．余吊**袁將軍**詩曰，"長城汝與**袁公**壞，不作**祖家**牌樓存."

姜女祠【眉公云"姜女祠後將軍塑像爲蒙恬."】

姜女卽秦時女子，姓**許**，字**孟姜**．夫**范郞**赴長城之役，竟死不歸，**姜**猶自登山望夫，亦死而後已，後人憐之，立廟塑像於望夫處. 祠後有枯木磐石, 卽姜望夫處也. 石面刻望夫石三字, 兼刻皇帝詩章, 傍有一石屛, 刻如是觀三字, 廟額書凄風勁節四字. 門之兩旁, 題"栢葉一生元自苦, 梅花終古不知妍"【好詩.】二句. 入觀姜女塑像, 粉減香銷, 悲啼怨泣, 眼波汪汪, 尙如望歸, 【無限悲楚.】塑得入神也. 唐人詩多詠望夫石, 王建詩曰, "望夫處, 江悠悠. 化爲石, 不回頭. 山頭日日風知雨, 行人歸來石應語."[36] 唐彦謙詩曰, "江上見危磯, 人形立翠微. 妾來終日望, 夫去幾時歸. 明月空懸鏡, 蒼苔漫補衣. 可憐雙淚眼, 千古斷斜暉."[37] 孟郊詩曰, "望夫石, 夫不來兮江水碧. 行人悠悠朝與暮, 千年萬年色如故."[38] 此則詠武昌山下望夫化石者也. 一石耳. 武昌望夫而化石, 孟姜倚石而望夫, 夫望夫同而化與死異也. 然化石之說, 或近於齊諧, 死則雖億千萬年, 人莫不信其死也. 海天茫茫, 眼穿心絶, 可憐萬里城邊骨, 猶是山頭望裏人.[39] 則爾時霜禽孤獸, 獨樹斷

---

36 원 제목은 望夫石으로 『전당시』 권289에 실려 있다.

37 원 제목은 望夫石으로 『전당시』 권671에 실려 있다.

38 원 제목은 望夫石으로 『전당시』 권373에 실려 있다.

39 당대 시인 陳陶의 「隴西行」 4수 중 둘째 시에 보인다. 『전당시』 권746에 "흉노 소탕 맹서하며 몸을 돌아보지 않아, 오천 명의 將士가 되놈 땅에서 죽었네. 가련하다 무정한 가의 백골들이여, 아직도 봄 규방에선 꿈속에 그

雲, 與之皆望, 何況年年日日彷徨登望之其石耶? 惟彼土木之塑, 寓影而已, 一片荒岡, 千古斜暉. 上有無花之枯樹, 前臨無底之大壑, 兀然孤石, 猶似望夫, 其所謂**姜女**者, 不可復見. 而淒風冷月, 石上精魂, 不離乎**遼河**古城之間, 彷徨於斯, 登望於斯, 死而不已, 則雖謂之**姜女**化石亦可也.【姜女墓在東南海中, 與波上下. **尤太史侗**〈澄海樓〉[40]詩曰, "東望獨存姜女墓, 精衛塡成血淚斑. 縱使銀濤萬丈高, 不到墳頭草靑處."】

吳三桂將臺

將臺在**山海關**東, 高可六七丈, 處地頗高, 四望平遠. 臺上尙有旗鎗所竪痕, 俯臨重關, 平如槃案. 北指**醫巫**, 南眺**渤海**, 眞形勝處也. 或稱汗長驅至此, 要探城中虛實, 一夜築成將臺, 其說似是.

릴 텐데.〔誓掃匈奴不顧身, 五千貂錦喪胡塵. 可憐無定河邊骨, 猶是春閨夢裏人.〕"라고 하였다.

40　尤侗의 문집 『西堂集』에는 시 제목이 「登山海關澄海樓觀海」로 되어 있다.

山海關 附澄海樓

關於**醫巫閭**·**渤海**之間，縮轂其口，故名之曰**山海關**，蓋大明**魏國公 徐達**創設也．余於**北平店**，遇**計元龍**者，與之筆談，知**山海關**非秦時築也．**元龍**即**關**內武學生，器宇軒軒，兼通文墨，爲余話舊甚詳．秦時長城，起自**臨洮**，絶**黃河**，東至于**遼**，塹山堙谷，延袤萬餘里，其勢且跨**醫巫閭**而東也．今**山海關城**，緣山而北，直接于秦時長城，南抵于海，爲澄海樓．其因長城而設重關，狀如丁字，地勢然也．余登**小松嶺**，見**角山**之腰，繚若縈絲，斷如帶雪者，即緣山而北者也．及登**吳三桂**將臺，俯瞰萬雉，迤邐截野，蜿若率然者，即南抵于海者也．不知**居庸**·**雁門**之雄傑險絶何如，而**山海**之壯，與彼爲三關之一，眞天下之大關防也．

第一門，門樓二層，外築甕城，虹門之額石版，橫刻**山海關**三字，關內左右旗亭．第二門，門額粉地黑字，橫書天下第一關，【而今安用哉?】敵樓縹緲，飛出箕尾之傍．仰觀門額，字樣甚小，門內右邊，設戶部衙門．門之左右，蹲兩隻石獅子，戶部直西，置**臨楡縣**，閭閻櫛比，車馬輻湊，即**關**內一大都會也．第三門，門額泥金，直書祥靄桑四字，即**康熙皇帝**親筆云．自此以往，又歷三門而西出，即**楡關**地也．所過關凡六門，門樓皆二層，城凡六重，自

外至內，沈沈然如入深林鉅谷，良久而盡．其關鍵之壯，
睥睨之崇，雖有百道雲梯，千斤礮車，猝難衝陷也．<u>澄海</u>
<u>樓</u>，即<u>**山海關**</u>之城盡處也．城端斗入于海，折而西廻，翼
然而南臨大海者是也．樓凡二層，樓之左右，環築女垣，
從樓而南下，甃甓作層階，夾階兩旁，築甓爲欄，階盡即
平臺．有碑閣屹立，碑刻皇帝詩，碑閣之西，又有崇碑露
立，刻一勺之多萬古不竭八字．從臺拾級而下，即<u>將臺突</u>
兀立海濤中，臺下築以巨石，穴石灌鐵汁，大波衝擊，鏜
鞳有聲．

　　登<u>澄海樓</u>，浩浩茫茫，秖是萬頃<u>渤澥</u>，巨浸際天，白盡
而靑，靑外更黑．【此八字一幅望海圖.】譬如看山，近山明
秀，遠山堆藍．遠山之外，黝然不可復辨，無芥舟之翳，拳
石之礙，長風捲濤，往而復來，古今俄頃，萬有俱空，頓忘
身在樓前．【果然卿今日始覺乎?】【悟頭】【持此眼，有此思，<u>香</u>
<u>谷</u>[41]只合下拜.】

　　由<u>澄海樓</u>，循城北上，始抵<u>山海關</u>．樓距關門，直四十
里．歷觀<u>**吳三桂**</u>[42]所毀城，雉堞中斷，不復隄防，彼欲存

之, 以爲後世戒耶?【皇帝曰卽然.】抑且以爲世無萬年天子,
有天命者, 任從此路入耶?【皇帝想, 皇帝語.】 余有詩曰,
"萬里定知由我壞, 一丸爭肯爲他封.[43]"【好詩似香谷法.】安
知後世開門納寇無如三桂者耶?【我且問爾, 爾緣何知之, 我
且替爾答, 吾從三桂知之.】自關以內, 皆永平府地方. 過楡關,
荒哉, 蒙將軍之種樹開邊, 涉盧龍, 逖矣, 唐藩鎭之擁兵跋
扈, 此皆秦·漢以來征戌之地, 一望荒田蕉草, 時見田夫驅
犢, 不逢征人負羽, 關塞之無警可知也.

五峯山

到撫寧縣界. 遙望群峯, 矗矗狀如卓筆,【山川之明爽, 氣
勢之敞豁, 殆燕地所經歷中第一, 恰似我國臨湍邑景像.】伴行一
老譯, 爲余指道, 此山卽文筆峯, 是昌黎縣界也. 縣在此

방어하다 이자성이 북경을 함락하자 산해관 문을 열어 청군을 들이고 함께
이자성을 토벌하였다.

43 앞의 구는 만리장성의 견고함도 결국 내부의 분열로 붕괴되게 된다는 뜻이
고, 뒤의 구는 후한 왕망 말기에 隗囂의 장수 王元의 전고를 사용하여 견고
한 요새도 천명이 따라야만 한 줌 진흙으로 봉할 수 있음을 말한 것이다.

山之西南, 蓋**撫寧**之屬縣, **韓文公**起八代之衰[44], 學問文章, 爲**孟氏**後一人, 則豈無名山大川鐘靈毓秀耶? 余觀**五峯**秀拔, 攢碧飛翠, 豊斂精華, 軒吐貴氣, 眞關內之名山也. 山有**韓文公祠**云.

永平府

永平府, 卽漢時**右北平**郡也. 余館于府城南街東三道衚衕路**北李美**[45]家, 美能詩, 頗可與語. 【此一句類長吉「鶿觱篥詩序」.】[46] 美言**永平**凡七州縣, 皆**古孤竹**地, **灤州·盧龍**更扼其要云. 余觀其城池險峻, 府內甚廣, 市井閭閻雄富, 人物鷙悍, 蓋北邊精兵處也. 又是**關內**重地, 非藎臣宿將, 不能鎭此俗也. 【**經國手段**.】【**李美**之言曰, 此有**韓昌黎**讀書處, 巖石有大刻字. **洪尙書**之赴**燕**, 有所記文,[47] 美果出示余矣.】

---

44 한유의 문학 성취를 칭찬하는 말로 소식의 「潮州韓文公廟碑」에 나온다.

45 李美의 자는 純之, 호는 饒亭으로 영평부의 수재이다. 『淸華堂詩集』 10권이 있다. 유금, 홍양호, 이해응 등과 교유하였다.

46 당대 시인 李賀의 「申胡子觱篥歌幷序」에는 "그대는 長調만 할 줄 알고 五言歌詩를 못한다.〔爾徒能長調, 不能作五字歌詩.〕"라고 한다.

47 洪良浩가 1783년 영평부에 머물렀을 때 지은 산문 「題韓昌黎書夷齊讀書處

射虎石在府城外. 出西門行五六里, 右夾灤河, 左有荒岡斷壟, 一碑立田中, 大字刻飛將軍射虎處六字, 康熙時所建也. 射虎石在山腰荒草裏, 石色甚白, 石之半入土, 黃蘆短莎, 露其半身, 風雨剝落, 鼻額髣髴, 黑夜遇之, 認爲眞虎, 境或近之. 夫癡人談虎則懼, 曠野荒林, 凜乎如聞, 蒼崖之裂, 三傳市虎則信[48]. 況北平是多虎之地, 而飛將軍[49]之射石, 載于千古信史耶? 石亦有時磨滅, 而石之名, 終不可磨滅者, 以其遇飛將軍也. 噫, 將軍之不遇高帝, 何命之奇也. 【將軍之不遇高帝, 將軍之命非奇也. 使將軍遇高帝, 不過噲·勃間一物耳, 將軍安得而爲千古才子之所惜耶? 吾以將軍之不遇爲將軍之遇也.】

人言荒岡片石, 不足以當飛將軍神箭. 余詰其故, 則曰, "石不類虎, 且無沒鏃處, 此非眞個射虎石." 噫, 爾獨不見畵關公乎? 朱其顏長其鬚, 則爾必謂此眞關公. 夫關公之威神, 豈在於赤面長髯耶? 夫循名而求其類者, 奴才之眼

大字」를 말한 것이다.

48 고사세 사람이 연이어 그러한 이야기를 한다면 누구나 그 이야기를 믿게 된다는 고사로 『戰國策·魏策』에 실린 것이다.

49 飛將軍은 한나라 때 장수인 李廣을 가리킨다. 이광은 활을 잘 쏘았고 흉노를 치는 데 공이 많았다. 흉노가 그를 날쌔고 용맹하다하여 飛將軍이라 부르며 두려워하였다.

識也．惟彼草中之石，直寓**飛將軍**之威神而已，安問其是石非虎也．－計元龍一武人，金明遠一措大，相遇於北平店上，元龍學明遠可，明遠之聰明而服元龍一片話，則天下豈可謂無戒人？元龍元龍，吾悔未遇君．－

夫書契以前，年代國都，皆鍬沒處也．以至十六國，周秦漢吳魏晉六朝隋唐五季宋元明，英雄豪傑，戰爭割據之跡，亦皆化爲沒鍬矣．生晚數千百年之後，跡遠東韓一隅之土，策馬入關，徘徊覽古，搜奇索隱，欲求其彷彿者．夕陽也，荒草也，暮鴉也，飛螢也，彼荒岡片石，猶寄沒鍬之跡．而書契以來，杳杳茫茫二十一代之事，竝與其跡，而無可覓處，則夕陽荒草暮鴉飛螢，尚可謂沒鍬之餘耶？【余歸時，遇武擧人計元龍於北平店中，與之文話，仍問射虎石眞贗．元龍云，姑妄信之不妨，其言大有見識也．】

榛子店 －店名榛子，文蘭執之所－

【余於文蘭事，知天下之立懂人，無尋常輕死者矣．文蘭才色如是，所遭又如是，其悲楚而猶望有心之人見拯，則一死之難，已不能辦在心頭矣．嗚呼，就謁慷慨，殺身輕於鴻毛哉，吾願世人以文蘭爲戒．】

店是季文蘭題詩處也．文蘭本以江右秀才虞尚卿妻，夫被戮, 身爲**王章京**所買, 過此店, 題詩店壁上. 其詩曰, "椎髻空憐昔日粧, 征裙換盡越羅裳. 爺娘生死知何處, 痛殺春風上**瀋陽**", 其下又書曰, "奴**江右虞尙卿**秀才妻也, 夫被戮, 奴被擄, 今爲**王章京**所買. 戊午正月卄一日, 灑淚拂壁書此, 唯望天下有心人, 見此憐而見拯." 下又書"奴年二十有一, 缺三字, 秀才女也, 母李氏, 兄名缺數字, 國府學秀才, 下缺, 亦不可記, 末書云**季文蘭**書." 此蓋其詩尾小序, 而余於**息庵金相國**集中曾見之. **息庵**赴燕時, 過此店, 仍次壁上詩韻. 且喚店媼, 問其本末. 媼言五六年前, **瀋陽王章京**, 用白金七十買此女, 過此, 悲楚黯慘之中, 姿態尙嬌艷動人, 掃壁垂血淚書此, 右手稍倦, 則以左手執筆疾書云.【可惜書完只欠一條罷巾, 斷送殘花.】此亦載『息庵集』中.[50] 今日過**赤欄橋**, 但數株垂楊, 搖曳春風, 試覓壁上題痕, 了不知其處. 且擧其事, 問諸店中人, 漠然無知者. 雖欲求見其缺字, 尙不可得, 況**金相國**所遇店中媼耶? 余有懷**文蘭**, 吟得絶句三首, 其一曰, "**赤欄橋**畔柳絲絲, **赤欄橋**下水漪漪. 臙脂啼損雙紅頰, 應照佳人北去時.", 其二曰, "彤毫雪腕斷腸句, 曾向誰家壁上題. **榛子城**

---

50 金錫冑의『息庵集』권6에 실려 있는 내용으로 원 제목은「榛子店主人壁上有江右女子季文蘭手書一絶, 覽之悽然, 爲步其韻」이다.

中多少店, 無人知道翠眉啼.", 其三曰,"王嬙出塞猶平世,
蔡女淪身尙得歸. 琵琶絃弱胡笳短, 難寫崇禎萬事非."

高麗堡【此地有小米餠, 和棗栗而蒸之, 味極恬濃, 恰似我東皇
華亭所嘗.】

高麗之民, 不知何時流入居於此地, 而茅茨鷄犬, 宛似
吾鄕風物. 且自入柵以來, 涉**遼野**, 過**楡塞**, 秪是沙田淺
蕪, 至此始見水田, 役車耕夫, 往來其間. 村裏群兒, 出觀
我使之行, 或驚呼抱頭而走, 不復知其本爲高麗人, 亦可
悲也.【河東家兒, 尙驚北音, 而況歷世之流落者耶?】

玉田

玉田, 卽古之仙人**陽雍伯**種石得玉處也.[51] 聞有**雍伯義**

---

51 '種玉'은 옥의 씨앗을 뿌린다는 말이다. 楊伯雍이라는 사람이 3년 동안 無終
山에서 목마른 행인들에게 물을 길어다 마시게 해 준 결과, 이에 감동한 仙
人으로부터 한 말의 옥 씨를 받아 수많은 美玉을 생산하여 부유하게 되었다

漿臺, 而不知其處.

曉發玉田. 行六十里, 天始明, 見西南野外, 一道游氣, 或如浪裂, 或如烟霏, 人家林木, 隱暎其際, 斷如島嶼, 連如城郭, 若近若遠, 不可捉摸. 知薊門之近也.

薊門烟樹【此所謂有聲之畫耶】

【嘗聞善說鬼者, 形鬼狀, 馬頭牛身者, 赤髮靑眼者, 獠牙毛臉者, 美如婦人者, 俊如丈夫者. 或短或長, 或哭或笑, 或雨或風, 或隱或露, 倐忽閃疾, 或如有聞, 或如有見, 摸捉不得, 想像莫定, 直是一把冷汗, 沈吟良久而已矣. 吾於『觀海錄』, 薊門烟樹, 復對說鬼者云爾.】

余昔聞薊門烟樹, 不獨爲燕地絶勝之景, 抑亦天下罕見. 始過玉田, 隱隱有烟樹意, 是時日猶未暖, 春未大動, 如畫師初起手時, 山形凹凸而已, 水紋橫竪而已, 樹未具體, 人未着眉而已. 今日天暖, 又是歸路, 快眺東南大野, 有海無山, 白如潮頭, 彌原漲畦, 擁樹浮村, 連爲布曳, 漸爲綿潰, 似霞非霞, 如烟非烟, 虛明瀅澈, 轉近轉遠. 莫往

는 전설이 晉나라 干寶의 『搜神記』 권11에 나온다.

莫來，却認雨餘山氣，半起半滅，怳若空中海市，欲狎方疎，是鏡中美人，可望難親，卽天上神仙，此乃寫其虛景也．蓋體甚輕嫩，而不爲日銷，態本浮搖，而不被風引，着物成空，隨境而幻，林木得之．而揚爲帆，拱爲人，紛爲幢節，人獸之行於其間者，如在曙色中，如在睡夢中，如行水邊，而人影馬影，倒在水中，此卽所謂**薊門**煙樹．而樹本是樹，烟卽非烟，合而名之曰烟樹，而天下之名實，每相混淆．或稱烟氣之中，無樹而有樹，此侏儒之觀場也，隨人之見，而不能獨見也．余於是特辨之．**【我亦有一本「薊門烟樹圖」，未及畫在紙上．】**

　燕地之水，稱河者甚多，若**三流河·羊腸河·六渡河**，皆殘流淺沙，不足爲河．至若**八渡河**，一水而八折，**太子河**，一水而三叉，**瀋陽**之**混河**，**永平**之**灤河**，**廣寧**之大凌河，其源遠且大，方春水漲，必方舟而渡．但水之兩涘，不甚踔遠，其舟船往來，始用篙開頭．**【彼人撐船離岸，謂之開，又喚船曰，快快的開．】**或沿河一邊橫絙，而緣延爲溯，或於河之兩邊，橫亘大索兩條．舟行于兩索之間，扳援而渡，不用搖櫓，船上平鋪如編，馬阜其上．船先泊一船於河岸，以爲上船之階梯，及船發，而泊岸之船自在，彼岸亦先泊一船，以接中流之船，渡者穩便，無風波之患．

　滹沱河，亦一細流耳．昔**漢光武**爲**王郎**所迫，臨流跋踖，無船可渡，賴一夕之氷合，始得濟焉．豈桑海屢遷，昔之爲江爲湖者，今皆浮盃濡軌耶？余嘗讀史而疑之，夫<u>王霸</u>詭對，而氷如不合爲之何哉？爲<u>王霸</u>計者，豈欲鎮衆心而背水一戰耶？凡事到無可奈何，而或有天助神祐，然吾於<u>滹沱</u>之事，直欲問諸水濱．【何不問之．】

漁陽橋

<u>秦</u>時發閭左民戍<u>漁陽</u>，豈其地是耶？傳曰，<u>漁陽</u>天下勁兵處，此<u>祿山</u>所以藉之而烟塵千里者耶？【左右峰絶頂有神堂，一則<u>祿山</u>之像，一則<u>楊妃</u>之像云．未及登見，而隨行馬頭眞的道之．】

通州

<u>潞河</u>一帶，北遠<u>皇都</u>，南通<u>維揚</u>，造舟爲梁，與波動搖，人馬行聲，隆隆相應焉．距<u>皇城</u>四十里，跨河爲州，簇簇帆檣，隱映雉堞間．從州城北門入，所過大石橋，皆打鐵隱釘，馬蹄佶傈，車輪春撞，光滑如磨．入內城門十字街

口, 建一座牌樓, 上面書'日下衝繁第一州.'【衝繁字奇.】蓋第一要衝繁華處也. 城內外通衢, 皆甃石爲道, 直抵**朝陽門**[52]外, 凡四十里, 左右旗亭酒樓, 丹碧連天, 簾幕臨江. 城東門內一塔, 亭亭獨出, 影臥江面, 余有詩曰, "塔似高帆城似岸, **通州**全在夕陽中." 眞夕陽佳景也.

通州介於**燕**·**薊**, 兼通水陸, 商賈之所輻湊, 漕運之所轉輸, 卽**燕京**之咽喉也. 嘗聞**通州**江水, 直通于大內, 錦帆牙檣, 來泊如雲, 人言四五月間, 漕船到來時然也.

出**通州城**西門, 行數三里, 卽有大石橋, 勢若飮虹, 舟船往來, 橋門之間, 蓋通**潞河**也. 橋之兩邊, 皆雕石爲欄, 欄柱上皆石狻猊, 左右凡六十四狻猊.

到**通州**, 冬至歸使[53]已先到矣. 行到大街, 見二使价郵僮馬卒, 異方萍水, 故鄕顏面, 隔年逢場, 一幅神理, 握臂摻袂, 驚喜欣倒. 歸人款款, 細問鄕信, 行者依依, 羨其先歸, 風霜之苦, 跋涉之勞, 招朋挈類, 沽酒相慰, 駐馬而

---

52 북경을 빙 둘러 보위하고 있는 9개의 성문 중 하나로 동쪽에 있다. 조선 후기 사행의 대부분은 북경에 도착하면 동쪽의 朝陽門으로 들어가 남쪽의 정양문 근처의 玉河館을 관소로 사용하였다.

53 1784년 10월에 파견된 동지정사 李徽之, 부사 姜世晃, 서장관 李泰永 일행을 가리킨다.

看, 足以動人.

東嶽廟

【終南道士, 名鍾馗,[54] 手裂鬼魅, 充腸腹歸來. 復有畫鬼者奇離, 怳惚駭人目, 此一編節節可驚, 句句可恐, 如身自當之, 文章之動人目如是乎? 吾觀近世記事之書頗多, 未爲如此編之妙者. 盖疏密綜錯, 整如孫·吳語兵, 苟如商君制法, 如建國設都, 如營室作宮, 如侏儒一場大戲, 如恒河諸佛無遮會上聽法旨. 非心到手到眼到筆到者, 則不敢記之, 非筆到眼到手到心到者, 則不敢傳之, 傳之, 亦不知如何探妙法.】

東岳廟, 在皇城朝陽門外, 卽朝鮮使臣更衣處也. 【大帝廟裏旣許更衣, 皇帝殿上宜許脫靴.[55]】 牌樓上面金字書蓬萊眞境. 過牌樓折而北, 又有牌樓, 書東岳廟三字, 廟貌塑像之

---

54 중국에서 역귀를 쫓는 神. 당 현종의 꿈에 나타나 귀신을 잡아먹고 현종의 병은 치료했다고 한다. 후세에 민간에서 그를 그려 역귀를 몰아내는 풍속이 생겼다.

55 이백이 궁전에서 신발을 벗는 고사를 말한다. 『유양잡조』에서 "李白名播海內, 玄宗於偏殿召見, 神氣高朗, 軒軒然若霞擧, 上不覺亡萬乘之尊, 因命納履.白遂展足與高力士, 曰: '去靴' 力士失勢, 遂爲脫之."라고 기록하였다.

壯，平生偉觀也．廟門左右四天王身【天王之守廟門，好笑．】
皆丈六，挺劍瞋目，左右翼廊，左地獄，右天堂，鬼卒猙
獰，靈官猥獕．翼廊上層樓閣，遍諸佛像餅鉢，香花百億，
森羅正中，殿宇宏麗．安東岳大帝‧東岳夫人像，【大帝太尊，
夫人太卑，配位不適，誰主此婚．】後面二層殿，上設玉帝‧玉妃
像，【玉帝□□大帝居中，想是玉帝倦勤，大帝聽事．】下設文昌，
靈壁諸神像，凡諸人物畜生度世輪廻之狀，陽界冥司因緣
果報之理，靡不畢具．至於福神揚眉喜則爲陽，凶神瞋目
怒則爲陰，土地奇醜，觀音光豔，月老談緣，【你也聞否，不
閑其貧．】善財憂貧，關帝伏魔，魁罡司命，布袋捧腹，金剛
擧拳，使者持符，判官折獄．【何似京兆．】【自廟門左右四天至
此，一幅大將傳道圖．】土木形骸，千百其狀，餘外爐鼎騈羅，
碑碣森立，不可殫紀．余作長篇，記其髣髴，其詩曰，"昔者
吾未到燕時，人傳岳廟壯且奇．偉觀皇城初入路，景幻恍
惚難爲詩．風雪走馬三千里，胸中岳廟不暫離．始望牌樓
心孔開，周觀殿宇目力疲．結搆穹崇人境別，像設森羅衆
生痴．天花幢節千佛尊，地府冠冕十王儀．判官飛符煩勾
攝，【包公緣何攝去，奉做閻王．】瞿曇施筏事慈悲．東岳大帝中
用事，裁制蒼生得便宜．【賺得東岳大帝，時消受無限福祿，吾欲
焚錢十萬上下使用，滿却南贍部[56]，何幸何幸．】點檢簿書環四部，
登報善惡飛三尸．香案塡西遊記委人間事，惟皇穆穆凝旒

思. 上蒼藹然好生心, 人物芚芸開官司. 天曹列宿翻靑籙, 岳瀆諸神走丹墀. 降精托胎多生緣, 授氣賦形群品隨. 霞帔褰縐抱猙獰, 素手橫竪握烏龜.【『列仙傳』中筆法.】造化頃刻如翻掌, 喜怒紛紜皆在眉.【陽界卽然. 陰司乃否乎.】菩薩心腸羅漢力, 降魔帝君知是誰? 寶刀如月鬂碟蝟, 斬奸驅邪赤兔馳. 世間無限不平事, 冥司却替陽界治. 君不見昔日吳道子, 畫作『地獄圖』. 蜀人不敢葷肉思."【吳道元『鍾馗圖』, 井井之陳, 堂堂之旗.】

皇城附安定館

【自此至皇城諸勝十餘段, 記皇城事也. 余於〈瀋陽記〉[57]中略及此公記事妙法, 若瀋陽則略, 皇城則細, 尤見其神也. 今夫爲記事者, 每以誇耀張大爲能, 貴耳而賤目. 何許身分, 坐如是. 墻裏, 猶說築未齊. 何許身分, 立露肩墻, 自喜安此堵, 同是人耳. 直如此有異, 故曰富貴非人力.】

---

56 불교 전설에 나온 사대 부주이다. 나머지 세 곳은 각각 東勝神洲, 西牛賀洲와 北俱蘆洲이다.
57 이 책의 앞부분에 실린 「瀋陽」을 말한다.

皇城週廻四十里，全用堊甓築成，間架密緻，面勢戍削，內外皆陡絕．城之內傅城，而別築斜城，城端從地而起，其勢由低而直上，遂與大城相齊．上設譙樓，其勢又由高而漸低，遂至于地．斜城之兩端，各設小門，置番軍於譙樓，達夜擊柝，一月一遞，下番之前，門不得開．至若水火器用，準備一月之儲．凡皇城之四圍，皆如此制而摠之．兩座門樓之間，每築斜城．蓋大城與斜城，合爲重城，城上狀如甬道，其廣可走五馬隊，其高可直五丈旗．四門之外，皆築甕城，城勢如偃月，環抱大城，前左右亦設門樓，闊港深壕，與城週遭．【術衕之口，每設周廬，踐更者，終夜擊柝，一頭作聲，遍街齊應，如珠瀉盤，如豆爆火，聲連不絕．】

入朝陽門，－皇城正東門也．－轂擊肩摩，袵帷汗雨．抵安定館十餘里，館在玉河橋西南，卽正陽門－皇城正南門也．－內也．

宮城

宮城卽內城也，週遭二十里，高可三丈，上蓋黃瓦，瓦凡三重，塗以紅泥，光潤如脂，面勢方正，不見其端．南開水門，大內之水，從水門流出．玉河橋下，仍成廣溝，直貫

外城, 南走蘆溝. - 外城卽皇城也. -

大市街

入朝陽門, 行西嚮良久, 卽十字大街. 街東西牌樓對峙, 東書利仁, 西書行義. 街北太平樓酒肆, 街之南, 又有一座牌樓, 樓左右列金馬·金鷄. 其通衢大道, 一縱一橫直如髮, 其衚衕巷曲, 五劇三條密如織. 每於十字街口, 建牌樓, 衚衕之會, 必設里門. 街之廣可列百騎, 閭閻市井之雄富, 十倍於盛京.

大街左右, 排列廛房, 皆層樓複閣, 連亘十餘里. 萬瓦鱗次, 千甍翬飛, 簷端墻角, 齊齊整整, 如一刀剪截, 了無突陷處. 列廛之前, 別架板簷, 四圍方廣. 上設古字雕欄, 塗以金碧丹漆, 欄角列竪篆文招牌, 牌皆金漆, 上寫土地所産, 買賣物名, 金銀緞紬, 貂蔘茶煙. 又另掛方廣招牌, 上畫靴扇衣帽, 或書典當, 或書滿漢. 懸牌之鉤, 或作如意樣, 或垂之茜絨流蘇, 多列掛各樣綵燈, 皆畫人物花草. 麪局則門前竪長竿, 層層掛上, 如篩輪狀, 皆以粙漆塗畫, 剪紅白色紙, 如壓麪樣, 綴於輪下, 或以靑紅雜綵, 圍遶輪郭, 累累如節旄. 酒局則屋簷列掛時樣, 鑞餠鑞壺, 皆

垂之紅絨線條. 錢舖則刻木如貫錢樣, 塗以靑漆, 掛以綵
繩. 凡要換錢者, 將銀子遞與主人稱量, 主人稱了銀幾兩,
直錢幾兩, 卽收銀交錢. 初不數其幾緡, 直取幾弔.－卽如
幾兩一弔卽一兩, 而以其錢小故, 一兩六戔, 每爲一弔.－遞與銀
主, 銀主亦不敢數緡而受之, 其數自不爽分毫. 至若菜蔬·
豆腐之屬, 皆用稱量而賣之, 初無喧爭之端, 蓋其風俗可
尙, 而法度有定也. 庶民墻屋, 流丹掃堊, 旗亭簾幕, 縹碧
緗黃, 磨腐之漢, 賣菜之傭, 皆踞交椅. 閣老之子, 掌櫃之
徒, 均着錦繡. 彼所以表貴賤者, 卽帽頂項珠而已.

琉璃廠【琉璃廠, 卽皇城中第一繁華富麗場, 豈可以數行文字而
止其記歟.】

琉璃廠在正陽門[58]外, 第一芬華富麗大市廛也. 連亘十
里, 沿街列肆, 招牌森羅, 簾旌掩暎, 丹樓粉壁, 夕陽初
旭, 怳惚奪目, 眞成琉璃世界[59].－漢人之來仕者, 皆於正陽門

---

58 북경 內城의 정남향의 문으로, 흔히 '前門'이라고도 칭한다. 현재 天安門 광
   장의 남쪽 끝에 있다. 조선 후기 사행의 대부분은 북경에 도착하면 동쪽의
   朝陽門으로 들어가 남쪽의 정양문 근처의 玉河館을 관소로 사용하였다.

外作家, 惕庵[60]爲余言之. -

出正陽門, 耳根殷雷, 車轍相磨, 馬蹄相沓. 過琉璃廠,
眼角迷花, 金銀抵斗, 錦繡連雲, 牙籤緗袟, 宋刻唐板, 積
與屋齊, 載可軸折. 紅紙標兒, 鱗鱗相次, 眞李玉溪之獺
祭魚[61], 此卽書籍鋪也. 玉軸錦障, 顚書吳畵[62], 或張掛壁
上, 或捲在牀間. 金字牌兒, 面面成行, 眞米南宮之虹貫
月[63], 此卽書畫鋪也. 其他各樣圖章, 各樣書鎭[64], 無非文

---

59 북경의 유리창이라는 지명은 황실에 소용되는 자기, 기와, 유리 등 일체를
제작하여 공급하던 곳으로, 이후 그 기능은 사라지고 이름만 지명으로 쓰이
게 되었다. 유리창의 유리는 유리 제품만을 의미하는 것이 아닌데 저자 김
조는 그 이름을 중의적으로 사용하여 유리세계라는 찬란한 의미로 표현한
것이다.

60 徐大榕을 말한 것이다. 서대용(1747~1803)의 자는 向之, 호는 惕庵으로 武
進 곧 지금의 강남 昆陵 사람이다. 건륭 37년(1772) 진사시에 합격하여 戶
部 主事를 거쳐 濟南 知府에 올랐다.

61 번쩍이는 비늘이 연이어 있어서 수달이 물고기 늘어놓고 제사지내는 것처
럼 많은 인파가 책 앞에 부러워 하며 늘어서 있는 모습을 형용한 것이다.
송나라 吳炯의 『五總志』에 "李商隱이 글을 지을 때 書史를 많이 檢閱하여
좌우에 즐비하게 서책을 늘어놓았기 때문에 당시 사람들이 이를 獺祭魚라
불렀다." 하였다.

62 顚書는 미치광이라는 뜻으로 당나라의 광초를 썼던 장욱의 글씨를 말하고
吳畵는 역시 낭나라의 유명한 화가 오도자의 그림을 뜻한다.

63 宋 나라 때 書畵家인 米芾은 집에 古書畵가 대단히 많았던 것처럼 고서화
가 많다는 말이다. 黃庭堅의 戲贈詩에 "맑은 강 고요한 밤에 무지개가 달을

石美玉. 餘外筆山[65]·硯滴·墨壺·詩牋, 摠是雕琢奇巧, 安排齊整. 列肆經紀之人, 面如傅粉, 指如削蔥. 靑幔之下, 各踞床凳椅杌, 前面擺列茶碗筆硯等物. 見客則起而揖迎, 道個好呀.

其屋宇之制, 皆一字作家, 雖千萬間, 皆如此制, 三面築甓爲壁. 至于屋簷, 前面設門, 門垂靑布簾子. 門內卽甃甓爲廳, 廳左右隔壁設炕, 炕之制, 狀如竈上, 亦築甓爲堗, 邊郭則橫木爲欄, 上鋪簟氈, 牕戶之制, 率多兩扇合成. 內外闔闢, 而牕戶皆有樞無鐶. 鄽房則下面橫設紙障, 上面別設掛窓, 槪多古字交窓. 入其室, 或只設甓廳, 不作炕子, 中間遍是擺列椅桌等物. 竈則或設炕前, 築甓爲方竅, 束蜀黍[66]燃火, 自上挿下, 不過一束黍, 炕已熱矣. 第不知竈堗, 何以相通, 而倒燒蜀黍, 煙不湧上, 亦可異也. 煙窓之制, 多設隱溝, 遠築煙窓, 其狀多如礨塔, 或多於屋霤上, 開煙窓, 作瓦屋狀. 外門兩旁, 皆用靑甓築

上, 至于簷底. 關門多以木橫關, 或用鐵鎖索子關上. 其草屋則屋脊, 一如瓦屋, 以堊塗脊, 束藁縛草, 鱗次蓋屋, 雨雪經冬, 色皆腐黑, 遠望, 與瓦屋無辨. 大都都城之內, 雖三瓦兩舍, 不見茅茨.

大街市, 皆在內城之後及內城左右, 蓋按前朝後市[67]之制也. 內城之內, 亦皆列肆布廛, 百官造朝, 日晩肚飢, 卽詣茶肆酒坊, 買些食物喫之, 初無傳餐之事云.

大淸門,－卽宮城正南門.－直對正陽門, 相距纔百步. 大淸門前, 左右石欄, 廣袤竝可百步. 石欄之內, 短莎茸綠, 純是草地. 外列紅木爲疂槍, 疂槍前面, 皆甃石平鋪, 卽大淸橋. 隱溝伏流, 大內諸水, 直通正陽橋下. 正陽橋, 在正陽門之甕城外, 亦隱溝也. 橋左右, 亦設石欄, 蓋自太和殿午門至正陽之甕城正南門, 卽御路. 眞洞開重門, 無一回曲處也.－余於朝參日, 立於正陽甕城外, 望太和殿九門洞開, 其直如矢, 君門如海者[68], 眞爲此道也.－

---

67 고대 도성의 주요 시설을 배치하는 원칙의 하나이다. 출전은 『周禮·考工記』 이다.

68 당나라 시인 崔郊의 『贈女婢』에 나온 고사로 원문은 다음과 같다. "侯門一入深似海, 從此小蕭郞是路人."

太和殿

太和殿, 凡八十一楹. 上蓋黃瓦, 而皆鴛鴦瓦, 體短而差廣, 瓦溝密緻, 眞成鳳翼之垂. 殿前左右, 皆石欄杆, 復折而夾陛. 石欄杆下方, 皆削石築成, 高可丈餘, 石色皆瑩白如玉. 石欄柱面面刻石, 作群龍昂首奮爪狀. 太和殿簷霤, 皆從龍口噴流, 石面蒼黝, 是群龍頷下溜痕也. 陛級層層, 皆細甎砌成, 緻如簟紋, 殿庭亦然. 石欄左右, 各一龜一鶴, 皆烏銅鑄成, 龜伏鶴立. 殿前左右, 安兩座黃金御鑪, 大如鐘鏞. 石欄之曲, 列置十四座烏銅香鑪, 石欄之下, 左右夾陛, 烏銅二鑪, 其高皆一丈, 摠爲鑪凡十八. 每大朝會, 蒸沈香于十八御鑪, 滿殿香煙, 與初日相盪, 仍成五色雲氣, 不復見皇帝之顔云.【陛以九級一陛, 雙鑪凡十八坐, 今此所記, 何其錯亂.】由石欄東下, 纍石爲層階, 夾階復爲石欄. 石材之壯, 實皆創覩也.

太和殿庭東西, 皆二層樓, 下有門, 行閣相連, 翼然齊整. 殿庭四隅, 列大鑊, 盛鹽汁以備救火. 宮墻殿壁, 遍貼紅紙, 皆寫風高物燥·小心看火·禁止吃煙等公文.

太和殿前西偏有一井, 裏面皆甃石築成.

午門內列品石, 狀如撲滿[69], 皆甓也. 朝鮮使立於品石之後面云.

午門外兩座層樓, 卽五鳳樓也. 八角連甍, 合成一樓,
縹緲欲飛, 殿簷皆置罳籠罩. 殿額皆金字竪書, 旁邊皆淸
翻,－卽淸書, 狀如梵字.－ 每朝會, 唯諸王·貝勒[70]－ 貝勒, 彼云
皇孫也.－登殿, 諸臣莫敢焉.

【五間長廊, 滿積沈香, 入門香臭觸鼻云, 是大和殿十八爐中所爇.
又一廡, 見栢子木, 大如棟樑者, 塗以眞紅, 無數積置, 每柱中間作
門扇鎭之云. 是銀子所儲者, 自於山海關外, 見數十大車馱, 紅柱各
車上, 皆揷小黃旗, 向瀋陽路而去, 乃是盛銀往置於蒙古者, 通官雙
林爲余言. 每歲末准二十車, 必送置云】

由太和殿東便門入, 卽內務府, 門內東偏, 一道長廡,
是外國方物所儲處也. 遙望樹色蒼蔚, 隱暎三殿之後者,
卽萬歲山也.

太和殿後爲中和殿, 中和殿後爲保和殿, 二殿制度, 較
太和差小, 而縹緲過之. 太和殿, 直以壯麗勝焉, 然三殿
之石欄杆, 制作皆同.

---

69 고대에 사용하던 저금통이다. 동전을 넣는 입구만 있고 꺼낼 구멍이 없기
때문에 동전이 가득 차면 부수어 꺼낸다 하여〔滿則扑之〕이름이 '扑滿'이
다. 『西京雜記』에 보인다.

70 만주 말로 部長을 일컫는 말이다. 淸朝에서는 만주, 몽고 출신자의 爵號로
사용하였는데, 지위는 郡王의 아래, 貝子의 위이다. 多羅貝勒의 略語이다.

萬佛殿

　　萬佛殿在太液池北，殿凡三層，殿內安九尊大金佛，佛前供卓，香鑪·木刻·珊瑚·淨瓶·蓮花等物，璀璨相暎．佛桌左右，沈香塔二座，凡七層八角，層層卍字雕欄，角角琉璃八窗，窗內面面，金像花鬘香旛，細入纖毫．殿之三面壁上，雕刻爲龕，間架稠疊如蜂窠，中安一小金佛，佛前各捧香爐，佛座前面，皆記乾隆年號．如此凡三壁，青龕嵌空，金像森羅，殿左右壁，雙設朱戶．戶內直北竪層梯，攀梯而上，黑洞洞如夜，及到上頭，始光明，乃中層殿上也．從中層殿，又攀梯而上，卽第一層殿，殿內像設之多，一如最下層殿，此所謂萬佛殿也．自入皇城，不曾登覽，今日上第一層殿，俯臨皇城宮闕，萬歲山林木如髮，太液池光瀉鏡．

大雄殿

　　大雄殿亦在太液池北．殿凡三層，殿內安兩足尊丈六大像，撐天拄地，屹然仰視．【是曰尊者．】尊者之頭，直抵第一層屋霤，狀如金甲神將，握劍瞋目，千手如輪，化日月

光明, 兩足皆跣, 足長四五尺, 大可一圍, 足底鎭<u>波旬</u>[71]群
魔. 或叩頭至地, 或向空乞哀, 或努目據地, 作奮起狀, 尊
者雄雄, – 是曰大雄. – 固植立不恤也. 殿前雙石塔, 各七級
浮圖, 塔之下方石, 刻諸鬼物, 頂住塔底, 蹲脚聳肩, 作起
立狀.

極樂世界

【十萬八千里, 喫盡無限苦狀, 亦不過做箇一位俗佛, 三千七百里,
備嘗幾番艱辛, 亦不過一見無上古佛. 佛便非佛, 非佛亦佛, 一到化
境, 千人皆然.】

<u>極樂殿</u>在<u>太液池</u>西, 始入殿門, 千花成塔, 衆香爲城, 笙
簫齊作, 幢旛畢擧, 璀璨繽紛, 目光難定. 彼鵠聳鸞騫者,
峯巒之秀拔也, 呀如虎口, 瞠如麂眼者, 岩洞之嵌空也, 劃
然雷劈, 蜿然虹飮者, 石門也. 於是脫冠捲衣, 徑進石門,
詰曲逶迤, 徑路屢改, 蒼崖削立, 悵然梯斷, 碧磴斜懸, 歡

---

71 欲界 제6天의 임금인 魔王의 이름이다. 범어의 음차로 의미는 殺者, 惡者의
뜻을 갖고 있다. 그는 항상 악한 뜻을 품고 나쁜 법을 만들어, 수도하는 사
람을 요란시키고 사람의 혜명을 끊는다고 한다.

乎蟻緣, 始愁其峭窄, 漸喜其縹緲. 及到無上絶頂, 見如來
開座, 童子侍立向之, 千花衆香, 笙簫幢旛, 皆在下矣.【信
手書去, 便與如來活潑潑坐地說無上妙法, 了無難色.『西遊記』中鬪
戰勝佛[72]也.】昔聞佛靈山說法, 五百仙人, 天龍人鬼, 皆來
聽法. 大海騰波, **迦葉**起舞, **波旬**羅刹, 頂禮奔走, 一時大
比丘衆千五百人. 娑婆世界, 善男信女, 焚香稽首, 始也悲
啼, 旣皆歡喜, 無不登極樂世界, 是名爲無遮大會[73]. 余乃
惕焉回顧, 東海茫茫, 身如浮芥, 隨波逐浪, 偶然漂到, 宛
在極樂西天. 夫車敗**青石**之險, 馬倒**遼野**之風, 此未到岸
前大苦行.【八十一難[74]大苦, 亦只如是究竟.】 究竟四十年雪
山, 較三千里氷程, 費嘗諸般辛苦則一也. 乃知極樂天上,
半日隨喜, 足償生受之願力也.

登極樂世界, 巖洞縈廻, 花木紛列, 不覺在宮殿中也.
峯回路轉, 所過恍惚, 千佛森羅, 諸仙畢集. 石池紅蓮, 花
葉參差, 花上皆安一佛, 池旁作水晶瀑布, 眞奇觀也.

---

72 孫悟空은 唐僧을 모시고 西天을 도착한 후 부처에게 鬪戰勝佛로 봉해졌다.
73 불교 용어로 사람의 구분없이 모두가 평등하게 財施와 法施를 하는 대법회
   이다.
74 唐僧 일행은 西天에 도착하기 전 총 81회의 난을 겪었다.

五龍亭【五亭位置屈曲若蜿蜒狀, 又石刻龍形, 作路依亭. 屈曲
鱗甲宛然, 踏之有惴惴意, 此眞可觀.**】**

　　五龍亭在太液池北, 五亭皆臨池, 石欄龍拏, 朱甍翬飛,
池光瀲瀲, 荇藻凌亂. 是日雪花亂飄, 怳疑五龍相鬪, 鱗
甲紛飛. 俄而夕陽倒在池面, 遙望萬歲山, 朱樓·白塔, 皆
成金色.

　　太液池南跨波而偃臥者, 卽金鰲玉蝀－橋名也.－也. 登金
鰲之首, 躡玉蝀之腰, 五龍之勝, 收之指掌間耳.

　　太液池, 引西山玉泉注而成池也. 周圍甚闊, 可張數百
帆. 池東有長廊, 遠望狀如倉廒, 卽藏龍舟處也.

　　池之東北, 石門臨水, 勢若屛風. 門上皆層樓, 丹碧相
輝, 禁林彌望, 不見其際. 鴟尾舳稜, 隱映樹間, 皆內苑諸
宮也. 沿池之北岸, 疊石爲巖壁, 方圓相錯, 摠無位置, 欲
見其天成也. 萬松欹偃, 蒼蔚蔽日, 間作麥畦, 靑㷊可愛.
沿池西畔, 入歡喜·功德諸勝.－歡喜園名, 功德橋名.－一路鋪
五色圓石, 錯落如嵌珠.

　　萬歲山, 卽煤山也, 或稱景山. 山在太液池東南, 上有
白塔·朱樓, 影寫池面, 屋脊瓦紋, 五色相錯, 或作卦畫樣.
山頂一亭子, 狀似張傘, 上蓋靑瓦, 渾體一片陶鑄. 宮室
之盛, 工作之巧, 近古未有云.

燕地，本無山川之勝，**皇城**壯麗，亦一平野而已，了無拳石線流之可觀．坐五龍亭，始有山林泉澤之意，稍能爽塏．第其爲山則造山–**萬歲山**也．–，爲水則引水–**太液池**也．–也．

太學

由**玉河橋**，抱宮城東角，而行五里許，一折而東，卽**大街口**．再折而北上五里許，大路東偏，建一座牌樓．由牌樓入，南有**廣業堂**，–諸生肄業之所．–北建**國子監**牌樓，牌樓之西，卽新建辟雍．–**皇明** **彝倫堂**故址也．– 入**太學**門，豐碑森列，太半**皇明**進士題名記，字或漫漶不可讀．**大成門**屹然南嚮，門外石欄逶迤，中開御路，石上刻成蛟龍，鱗爪隱起．入**大成門**，望**大成殿**，殿宇穹崇，上蓋黃瓦，勢欲騫飛，鵓鴿數百，止于其上．殿陛左右，皆石欄繚繞，庭中所植，皆杉栢交翠．殿內甓廳，盡鋪戎氈，朱棟森立，金作蛟龍，蟠屈棟身，楣額金字，題萬古師表四字，一殿丹雘，煥爛奪目．**夫子位牌**，寫至聖先師**孔子**神位，左右列十哲位牌，而最下位牌，卽**朱晦菴**也．殿門外左右廡，卽七十子諸位也．【登科者題名雁塔，載「古文」，而未知雁塔之爲何樣物．入太學, 見無數豊碑, 皆進士題名, 其碑頭皆雁鶩狀, 始乃釋然. 大抵古書中所載, 如物名器品, 皆於中州始知之. 尤覺小邦之孤陋, 而大邦人之自有見識.】

石鼓【只此便好, 榻出紙本, 不過「車攻」[75]一詩, 安足謂奇.】

石鼓在大成門內, 左六右四, 凡十鼓, 而一鼓昔爲野人所得, 穿作臼樣, 石色歲久黑如鐵, 篆畫剝蝕. 一鼓或全沒一字,【全沒愈好.】或菫存之四字,【菫存次之.】雖有字樣, 或半無點畫【愈好.】偏旁. 搨出紙本, 石紋之刓缺, 墨痕之淺深, 如畫海濤, 或出島嶼, 或露魚鮫. 數千年前, 蝌蚪爲跡, 不復辨其全體, 而愛其愈刓愈古也.【貴在欲辨未辨, 辨之, 非眞正古奇, 只此尤好.】

石鼓, 周宣之所以勒功, 而史籒之所以留蹟, 今皆漫漶剝落, 不能見「車攻」全篇. 而樵竪敲火, 野牛礪角, 風雨之所磨洗, 苔蘚之所侵蝕, 字雖滅而鼓無恙焉. 浩劫荊榛,

---

75 『詩經』「小雅·南有嘉魚之什」편명이다. 周 宣王이 안으로는 정사를 닦고 밖으로는 夷狄을 물리쳐 文·武王의 영토를 회복하고, 車駕와 器械를 修備하여 제후를 모아 사냥한 일을 노래한 시이다.

無所依歸, 得列於太學, 遂獲免於沈泗之鼎,[76] 鼓亦幸矣
哉.【沈泗之鼎, 不受腥塵.】

柴市

此宋文丞相[77]死節之地, 遺廟荒凉, 塵埃滿室, 袍笏蕭
然, 像猶如生. 前設位牌, 寫宋丞相文信公, 神位左方立
石, 另刻眞像, 其上書文丞相自贊曰, "孔曰成仁, 孟云守
義. 惟其義盡, 是以仁至. 讀聖賢書, 所學何事. 而今而
後, 庶幾無愧"三十二字. 三復凜然, 千古激昂. 東壁上
嵌, 玄石一圈, 刻唐雲麾將軍李思訓碑記, 乃北海太守李
邕筆也.[78] 字半磨滅, 不能詳其事實本末, 大可恨也.【此

---

76 일찍이 周鼎이 사수에 빠뜨려져 있었으므로, 秦 始皇 말기에 천여 명의 인
부를 동원하여 사수에 들어가 이것을 찾게 하였으나, 끝내 찾아내지 못했던
데서 온 말이다.

77 남송 말기의 충신이자 시인인 文天祥(1236~1282)이다. 호는 文山, 시호는
文信公이다. 남송의 승상이었으나, 끝내 나라는 원나라에 패망하고 자신은
사로잡혔다. 원나라 세조의 끊임없는 회유에도 굴하지 않다가 사형당했다.

78 운휘 장군비는 「唐故雲麾將軍 右武衛大將軍 贈秦州都督 彭國公 諡曰昭公
李府君神道碑 並序」의 약칭으로 李思訓(651~716)의 비명이다. 李邕(678~

眞可恨.】

見廟額, 寫萬古綱常四大字, 不知何時揭板, 而彼亦知
節義之可尙耶? <u>文丞相</u>之歿後, 三百餘年, 今其遺廟, 丹
靑剝落, 香火蕭條, 較他寺刹樓觀, 薄陋如此, 足見彼之
崇義後於崇佛也. 然三年一樓, 足不至地, 宇內腥羶, 今
猶古矣. 公豈樂彼之輪乎奐乎哉?

天主堂觀畵【『水滸』一百八人, 人各異技, 摠之名之曰山泊好
漢.】

<u>皇城</u>諸勝, <u>太和殿</u>以石欄干勝, <u>五龍亭</u>以水勝, <u>太學</u>以
石鼓勝, 而<u>琉璃廠</u>以繁麗名, <u>天主堂</u>以畵名. 他萬佛·<u>大
雄</u>·<u>極樂</u>等觀, 皆以結構竝擅壯麗云.【<u>皇城</u>大綱領.】【**人生以
狀諸勝, 當爲首題.**】

---

747)은 당나라 때의 서예가이자 문인으로 '李北海'로 잘 알려져 있다. 행서
체로 비문의 글씨를 잘 썼다고 한다.

玉河記夢【此身亦夢也, 香溪齋有詩曰, 非身元是夢.】

【竝言畜物食品, 而不及於人物, 何也? 豈君之未見而然歟? 內務府大臣和珅, 卽拔身於扈輦軍, 而面麄身短. 摠衛將軍計能, 兼侍將軍庶雲, 卽出脚於甲軍者, 而皆長八尺好身手. 余於紫光閣殿上, 見其衆中特出, 就而問名. 彼亦款款, 遂與之携手, 鼎坐於僻靜處, 索紙墨談筆. 盖摠衛·兼侍, 卽大國大將之稱, 如我東之訓鍊·御營, 部下爲四萬餘軍云, 可知其高官也. 但其筆翰甚拙, 多不能答吾所問. 計能問我何官, 吾答以六品將官, 彼乃熟視靑衣, 以弟等的定見高官, 今言六品, 東邦之多好人可知, 余點頭而笑.】

　三千里, 不免夜宿晨征, 饑餐渴飮, 到館, 始有止泊意. 晏起嗷飯, 閑行喫酒, 頓忘爲客, 却憶日晚趁店, 望張蓋－使行近站, 則必張蓋.－而止飢, 曉天登程, 聽吹角－卽初吹二吹也.－而驚眠. 東坡所云, 吃了眠, 眠了又吃, 是措大至願.[79] 而吃了行, 行了又吃, 吃且睡, 睡且行, 卽吾同行皆然. 終知至願之旁, 更兼苦行, 人生不得到底快活. 釆盡百花成蜜後, 自家辛苦爲誰甛.[80] 甛不偏甛, 苦不偏苦也.

79　『東坡志林·措大吃飯』에 나온 고사이다.

80　당나라 羅隱의 시 〈蜂〉에는 "벌이 꽃을 찾아 꿀을 만들었소마는, 모르겠소 모진 고생을 하며 누굴 위해 달게 해 주었는지를.〔采得百花成蜜後, 爲誰辛

【甛者偏甛, 苦者偏苦, 子言反是.】

入山海關, 是正月天氣, 草已靑矣. 留館, 早是二月旬後, 曉枕聞賣花聲. 馬頭[81]取桃杏數枝, 揷于瓶, 灌之水, 花蕾稍稍破綻. 歸時已見花, 可知燕地節物之早.

朝起見雪滿庭宇, 春寒仄仄, 蘆簟[82]紙窓, 鄕思悄然. 小頃雪晴, 夕陽半砌, 鳥語弄春, 是二月八日也.

館有提督, 掌館內諸務, 且嚴門禁以防內外相通. 先時, 我人欲出街上, 多費扇藥, 權作面皮, 然後始許出門, 彼人之有職名者, 尤難闌入. 數年來, 防稍弛, 乘車騎馬, 任縱所如, 不復聽眹. - 此時提督書敏,[83] 善刻圖章. -

館內有館夫六七輩, 糞掃擔水, 搬柴刌草.【畢竟徵銀, 多至七八十兩, 小不下五六十.】

二月七日, 五鼓入太學. 天色冥濛, 雨足交霏, 遵大街而行, □路左鐵匠家, 點火明滅, 打鐵叮噹, 忽憶我京鐘

苦爲誰甛.)"라고 하였다.

81 중국으로 사신을 갈 때 데리고 가는 말몰이꾼으로 맡은 역할에 따라 다른 이름으로 불리었다. 이 가운데 籠馬頭는 침구 관리를 맡았고, 轎馬頭는 수레와 가마의 수리를 맡았으며, 乾糧馬頭는 양식 관리하는 일을 맡았다.

82 갈대로 짠 자리이다.

83 서민은 만주족 출신의 관료로 1813년에 盛京兵部侍郞, 1820년에 禮部右侍郞 등을 역임한 바 있다.

街曉也.

余以一書生, 隨使价遊燕, 關塞萬里, 策馬哦詩, 橐中
之草, 已成篇什, 庶幾遇燕地快士, 一吐胸中奇崛, 足了
半生逋債. 他那金銀錦緞握籌論星一應料理之物, 初不妨
吾心眼, 視象胥·徧裨, 眞是閑漢. 茶飯之餘, 沿街散步,
皇都壯麗, 人物繁富, 領略眉睫間. 孤燭寒館, 臥念經歷,
森羅胸臆, 如物照鏡如此, 眞不枉走一遭燕·薊間耳.

余遊燕·涿有九恨, 如此大都會, 不見衣冠文物, 一恨.
不見黃金臺, 二恨. 不見皇帝, 三恨. 不見西山, 四恨. 不及
見元宵燈戲, 五恨. 與徐大榕·朱慶貴輩, 相敍無幾, 酬和
不久, 大都留館, 二十六日, 逢別甚促, 六恨. 月夜不得遊
金鰲·玉蝀之間, 七恨. 歸路不登角山－山海關北之最高峯.－,
八恨. 榛子店不見季文蘭題詩處, 九恨也.

斷定了行期, 收拾了歸裝, 神馳意往, 小無桑下之戀[84]
爾. 看這座玉河館, 便像一個活地獄.【爾視以地獄, 吾知以天
堂.】當新到館時, 掃炕鋪簟, 糊窓掛畵, 看作自家, 屋內

---

84 桑下戀은 중이 뽕나무 밑에서 안일하게 지내던 것을 생각하는 일을 말한다.
出家한 중이 道法을 받을 때 하루 한 끼를 먹고 뽕나무 밑에서 사흘 밤을
묵지 않는다. 그 까닭은 곧 도에의 정진을 목적으로 삼기 때문에 조금도 안
일해서는 안 되기 때문이다. 『四十二章經』

擺列器用, 務要安排齊整. 今且行矣, 着鞋上炕, 觸手穿窓, 無復顧惜, 空館荒凉, 悅在新到時也.

食品

【繡袋不獨貯烟茶, 余於皇帝擧動, 觀光至北上門外, 卽宮城北門. 見紅抹額, 上懸孔雀羽, 腰下佩靑鞘長劍者四五人, 彷徨於門前. 余問何官, 皆是監門, 如我國守門將之類. 就中一人, 身手甚好, 被服新鮮, 帶三繡囊, 一貯烟茶, 一貯香屑, 一貯檳榔. 余次第開視, 其中盛檳榔者尤好, 余頗玩閱. 彼以我爲欲之, 卽拜與之, 吾笑而辭之, 彼果强勸, 仍手自佩我纏帶上. 余卒乍間, 無以爲答, 以所把廣邊漆別扇懸着我國香者給之, 彼亦欣笑. 此雖微事, 亦足見人性之寬闊, 不似我人之臃腫也. 繡囊歸至龍川[85], 爲油頭[86]所奪, 必又見奪於張三崔二, 可痛. 此冊知爲草本, 竝寫諧語, 爲我銷寂, 待他正書, 不妨刪去耳.】

燕地之人, 專喫肉, 不要飯, 腸胃腴膩, 故檳榔及茶椀, 不離口, 且謂西瓜瓞能消滯, 行坐皆吃. 飯則水和米, 一

---

85 조선시대 평안도에 있던 군 이름이다.
86 기름 바른 머리로 기녀를 말한다.

回爛烹, 一漉水卽成飯, 欲其無穀毒也. 煙茶, 無男婦老幼皆吃, 各樣繡袋, 佩于衣旁, 貯煙茶, 揷煙竹, 煙茶亦炁乾成屑, 恐其毒人也. 西瓜瓤皆黑色, 且大如南瓜子, 街童擔而賣之, 凡醮席戲場皆具焉.

鷄猪之味, 勝於牛, 鵝炙爲珍品, 鴨醬爲常調, 所謂鷄-音其.-卵-音段.-茱料, 雜以竹筍·花猪·蔥韭等物, 煮成骨董饌品, 其味頗佳.

蛤蜊湯, 和鮮魚作羹, 可爲肴品之珍. 浙蝦味, 似我東之乾禿尾之和淡醬者, 爲饌品之佳. 魚鮮別無佳者, 留柵時, 浙人申基饋我松江鱸一大椀, 烹全魚, 魚果四腮. 松江距柵幾萬里, 味能不敗, 可異也.

余嘗詣朱翰林家, 見具酒饌, 而淡茱與浙蝦爲下酒物. 余指淡茱曰, "此紅蛤耶?" 主人點頭, 余又指紅蛤曰, "此中國人所稱東海夫人[87]." 主人大笑.【紅蛤甚細, 較我東海産, 不可同日語也.】

茱蔬, 唐白茱-菘.-, 莖大如股, 葉大如扇. 燕市二月, 競賣白茱·蘿蔔等物, 莖葉新鮮, 不似經冬, 若初離土, 多

---

87 중국인들은 홍합을 동해부인이라 한다. 淡茱의 별명으로 『本草綱目』에 기록되어 있다.

作沈菜, 而鹽苦水惡, 甚不可餐, 洗而作羹則可. 菁本大如罌缶, 皮皆紅色, 莖葉不甚長大, 性甚硬, 或有皮青白而性軟者, 劈片沈水, 賣與行旅, 爽宜止渴. **豐潤**凍沈, 當爲寒菹中奇味. 菁本甚長, 如我東**箭串**菁, 性極軟嫩, 莖葉且纖長, 沈於螺師鹽汁, 味甜爽, 令人開胃. 一本價至七八錢, 天暖時, 不可得喫. **大凌河**螺師瓜菹, 乍醶而味佳, 較**豐潤**凍菹, 直是奴才也. 蔥長幾二尺, 莖本俱大, 性極軟, 味且甘, 截而蘸醬, 敵一饌品.【螺師瓜, 大勝於**豐潤**之凍菹.】

　燕·**薊**間人家菜圃, 皆種蔥·蒜·蕪·菁. 別無他種. 野人多採小蒜, 和鹽爲餐, 芹則或有, 而莖短且赤, 性極硬, 撒鹽沈漬, 猶覺生澁, 眞不可喫. 蕨則味性形狀, 與我東無異. 市買乾鱉, 至**夷齊廟**煮吃, 眞可笑也.

　果品, 未到**皇城**, 沿路見挑籃賣梨者. 梨甚小而味酸, 且帶土疾, 雖渴, 不可喫. ○留館時, 自禮部時送果子. 査果, 皮色鮮紅, 而膚濃如粥, 味多變者. 蜜棗, 云是**南京**所產, 而蜜沈者, 稍大於他棗. 曾過**野鷄屯**, 地皆沙田, 果林彌望, 皆櫻桃梨栗, 樹多新栽, 短小成叢, 一字排列, 自有位置. 每果熟時, 園官張幕如雲, 以防偸摘, 進貢**皇城**. 餘地種桑, 蔚然成林.

　由**野鷄屯**, 入**雙節祠**, 所過村籬野田, 渾是棗林, 蓋**燕**

地宜棗, 而「貨殖傳」所謂千樹棗是也.[88]

余過徐惕庵, 主人爲之設饌, 特奉長生果－卽落花生.－佐酒. 其狀如雀瓢, 而體圓而尖細, 其殼白而有粟, 殼中有實, 實又有皮, 手挼之, 殼碎皮脫, 白如胡桃肉, 味如蓮芍, 云是南中所産.

龍眼, 殼圓而色黃, 殼中肉鱗, 鱗如松子, 色黑, 味恬酸. 葡萄種多紫黑, 子不甚大, 但冬春之交, 色如新摘, 味極淸爽, 可異也.

瀋陽市賣元－音連.－宵－音斜吾.－, 卽環餠也, 粘米屑, 團作如鷄卵, 和煖湯喫之, 餠餡砂糖屑, 味甚澹, 或作菜餡, 皇城亦有之.

饅頭, 沿路酒店麪店皆賣之, 匾餠包餡, 雜以菜肉, 臭不可喫. 禮部宴我三使臣, －卽下馬宴.－宴需鷄隻羊胖肉豆之外, 多設果品, 葡萄·蜜棗·龍眼·樝果·氷糖·八寶糖之屬也.

北平店遇計元龍秀才, 以詩贈別. 計君賣餠餌餞行, 餠以米屑作圓子, 內包砂糖屑, 或包橘薑, 和蜜作餡, 餠面

---

88 『史記』 권129 「貨殖列傳」에 "안읍의 천 그루 대추나무, 연·진 지방의 천 그루 밤나무, 촉·한·강릉 지방의 천 그루 귤나무 등은 …… 이것을 가진 사람들은 모두가 천호후와 맞먹는다.〔安邑千樹棗 燕秦千樹栗 蜀漢江陵千樹橘 …… 此其人皆與千戶侯等.〕"라고 하였다.

印壯元紅字. **計元龍**方擧武選, 而聞余亦爲應擧秀才, 乃
以壯元餠餉之云.

衣制

【**燕之千萬事皆好**, 衣制尤好, 不似我東之闊袖長衣, 不便騎步,
不便做作, 到處碍着. **與朱用和筆談**, 適及兩班, 彼問此果何名色云,
此豈非好之尤好者耶.】

初入**柵門**, 男婦無辨, 以其衣制無別也. 但男子頭帽–方
音麻吾.– 足靴, 婦女揷花穿珥, 故差別焉. 男子所穿, 稱號
大呢, 皆無領而斂之, 多不以左, 抑漢人獨然耶? 上衣裏
短而表長, 長衣皆缺後, 裘制亦長短, 短爲半臂, 背子長
與上衣等亦缺後, 衣裘皆窄袖, 裏衣袖愈窄堇容腕. 袖口
多用水獺皮爲緣, 露出長衣, 袖頭如倒穿吐手樣, 衣袴渾
是錦緞. 其村夫·野人·傭奴·丐子之服, 皆穿靑黑三升, 袴
制甚窄, 堇容股, 而不着綿, 祗是裌袴, 皆用有紋錦爲袴,
多靑白色. 蓋其衣窄袖缺後, 其袴裌而且窄, 摠便騎馬,
衣襟之合處, 自頸下至臍上, 皆團樞連鎖, 衣之前後, 皆
用團樞拽扎, 踢鐙上馬, 不復收斂. 雖卽刻出戰, 更何裝
束之有, 故觀其衣服制度, 皆兵法也. 其所戴帽子, 雜以

羽縐毛氈, 狀如兜鍪, 故稱紅兜. 又以茜絨線, 撒着帽上,
故名紅兜. 夫古之紅抹首, 亦近於是耶? 我東各軍門牢
子, 皆着紅氈抹額, 亦與彼帽, 略相彷彿, 而但我人頂着,
不若彼之頭着也. 靴襪皆長項, 穿至膝, 靴狀如我東水靴
子, 黑帽緞攢線縫造, 鞋樣亦如靴子, 但無長項.

皇帝帽頂珠, 項掛珠串, 其將相·宗室·諸王之位高品崇
者, 帽頂珊瑚·金·玉·銀, 帽頂皆起花, 其餘官人, 亦掛朝
珠[89]. 其朝服, 高品則蟒繡衣, 諸王·貝勒皆然. 衣前後皆
短, 袖亦窄, 文武別以胸褙, 與我國無異. 帶鉤金若玉, 朝
靴尖作鷹嘴樣, 一一品內閣大臣揷孔雀羽, 侍衛諸官垂貂翎一.【宦
非賞賜, 則不得揷孔雀羽.】【孔雀羽以眼一二三而別貴賤.】

國子監諸生, 舉人之入選者, 帽頂金雀, 項帶披肩, 色
青, 狀如鳥翼之張, 彼言青衿也. 其衣玄衣青緣, 青衣黑
緣, 下服則狀如我國之千翼, 色亦青.【貴人雜以紫黑絳綠,
賤人專用靑黑純色.】

婦女首飾, 卷髮爲髻卽漢女, 或盤作雙鬟卽滿女. 裹以
帽緞, 飾以珠貝, 釵皆金銀, 簪之花葉, 花剪綵成瓣, 紅白
諸樣, 與活花無辨. 雖白頭老婆, 亦簪花, 以花看花, 則花

---

89 조주는 청 나라 때 천자, 5품 이상의 문관, 4품 이상의 무관, 한림원 관원들이
목에 걸고 다니는 珠數이다.

無不國艶也. 在少婦鬢邊, 妍更添妍, 在老婆頭上, 醜越
增醜, 一花也, 隨人之見, 而妍醜判焉. 故雖有鉛粉之美,
不能使無鹽爲西子也.【余過潯陽之詩曰, "白髮女皆花滿鬢, 靑
驄馬或繡爲鞍."】其服皆長衣, 衣四圍皆襠, 如鎖以鈕扣-團
樞-, 穿着樣, 率皆寬鬆, 不似我東婦女重重裝束. 新婦及
童女, 衣多紅綠, 唐女恒服之上, 加唐衣, 衣底多着裙子,
雜以紅綠色, 袴皆闊幅裁成, 如我國男袴, 袴皆絳色, 其
賤者多穿靑黑三升.

唐女皆纏脚, 用綾絹裹足,【余聞朱用和, 裹足自妲己[90]始.
蓋妲己之足甚小, 其時婦女, 皆慕而裹之, 如西子時效響, 因而成風
云, 其說近似.】自幼及長, 其習不移, 故其足長不過三寸,
鞋弓襪小, 步武太澁, 多風之日, 無老少, 杖而行. 胡女不
然, 耳璫或三四連環, 跳脫金銀玉, 五指皆穿, 參錯不齊,
腕約金釧, 亦或重鐶, 鞋皆花繡, 鞋拏皆白布攢線, 重疊
縫造, 高厚或三四寸. 童女不卷髮, 分兩髦貼着, 雙鬟盤
結爲髻, 而差低額上, 髮分開之際, 安着金雀兒.-男子薙
髮, 而腦後存一把髮, 編而垂之, 是爲辮. 女子不剃, 童子之稚小者,
皆薙而加帽. 女子之幼者, 或編而不髻, 頗似我東.-

---

90 중국 殷나라 紂王의 妃인 달기이다. 전족의 기원과 관련하여 명나라 양신,
조선 이의봉(『북원록』) 등에 언급한 바 있다.

僧尼薙髮皆盡帽，狀如我國耳掩，項掛念珠，衣闊袖色
黑.

車馬

太平車，制樣頗小，上爲轎下爲車，兩隻輪，輪郭皆鐵
籠. 車上三面，皆設欄楯，匣以皂帷，或圍羽繐. 車前面垂
簾，車帷左右設琉璃窓，沈香線結成流蘇，垂之四角. 車
之上蓋無頂子，而揉木如架椽，與四角合笋，覆以皂幰，
幰與帷之間，皆用團樞接笋. 雜用牛·驢·馬·騾駕，惟貧賤
者，以牛以驢. 帷中可坐二人，御者坐于簾前，通衢大道，
馭快馬雷奔，亦一快也.

達官貴人，朱其輪，馬皆繁纓－彼云朱絡.－，婦女乘之，
則侍婢坐于簾前.

適往城外，暮入正陽門，雇車沿街如織，要人上車，或地
遠脚酸，亦甚輕便. 其車夫之自要，如店小二，攔路邀客.

獨輪車，卽推車也，設一輪于正中，兩邊欄楯，載家火
什物，一夫推而行，老弱或乘而推之.

大車，商賈載物而行，其制樣甚大，一車駕騾馬八九匹，
車皆有欄，其載人而行者，以簟爲蓋.

銀頂轎，制樣甚小，而上下俱銳．蓋設銀頂，沈香線網，其蓋四角，垂流蘇，帷左右開琉璃窓，橫杠于轎之中半．杠前後，各二人擔之，而不擔杠，兩條綵繩掛兩杠，繩之曲處，別繫橫木擔着肩，轎底去地纔尺．閣老·尚書及貴人家婦女，竝乘之．

喪車，如我國之制，杠甚長大，朱漆光滑，上蓋與黃頂子·龍鳳頭·荷葉等制，無甚異焉．或於行車上，設其上蓋，而帷以帽緞圍之，其徒之擔肩，一如我東之作井．

二月七日五鼓，皇帝臨雍，我三使臣與焉．晨入國子監，遙望牌樓外，燈燭焚煌，車馬駢闐，皆進參臨雍百官也．皇帝尚未出宮，宮門前黃屋車，依俙曙色中，御路正中，鋪下黃土，兩邊連繩立木，以防雜沓．是時雨雪雜下，擁篲者，隨下隨掃，衣紅錦團花戎服，帶長劍執鞭往來者，卽侍衛軍也．宮墻之角，牌樓之左，萬蹄簇立，皆烏驪赤駝，五方壯騎，就中最多白馬．徧銀鞍繡韉，環墻織路，首內尻外，屹然山立，寂然如睡，了無踢囓聲．初無人箝勒者，而其性之馴擾如此，亦知其人之善御也．

畜物

燕地群畜甚繁，而馬之多且駿者，可以谷量．其次騾，騾少於馬，驢之多，與馬等．而駕牛乘驢者，皆北人之賤而貧者也．

馬皆廣臆闊胯，眼大尾窄，行則鬃舞蹄散，駐則頭昂脚齊．群而不爭，若健者跨之，一敲金鐙，性急風火，不可勒住．

高麗之馬，初離果下，一入山海關，小如狗．留館日久，稍經刷秣，便生閑氣，成群則鬪，遇敵則蹄，噴鼻駛駚，不能自休．彼頭高尻昂者，凝立不睬，少無較量底意，有時爲我馬驚觸，或逸而□止，彼若以爲寧謹避而恥竝驅也．【而況於人乎．】【而況於人乎五字，源自□□，大用筆，大讀書，方批出．】

余過薊門，觀牧馬數百匹，不羈不銜，成群而行．前有碧眼兩胡兒，騎而執鞭，鞭梢丈餘，後無驅者，數百生馬，齊首銜尾，隨二騎不亂群．見其脊脇之動，如水波遞起，毛色相錯，望如雲錦，見水鞭劃然一响，群馬一齊飲水，不先不後．

所過村店，大率一家畜牛驢馬．牛或兩三頭，驢多至五六頭，馬或一二匹，貧者不然．或牛隻·驢兒·鷄·豚·鵝·鴨，家家成群，羔·羊多有行牧者，而不多家養焉．驢·牛·馬率皆不穿不絡，放諸原野，日暮，自歸欄裏．

牛皆養，角長或至尺，其色多犁且黑，種甚小，驢則負水運磨．耒耟之用，牛·騾·驢·馬竝駕焉．

其御馬也，鼻不撬，蹄不剔，上下山阪，馳騁原野，惟意所向，如臂使指．而騾馬之壯者，力盡於車下，可惜也．夫馬之處於**燕**地，飲水吃草，不怕風寒，平原曠野，步闊氣暢．一渡**鴨江**而東，不獨病生於換腸，無平逵易地，可以洩傑氣，左右牽掣，地狹步踏，【自道可憐．】不得自由，病何從不生．且離土易性，筋骨縮小，尤可惜也．【豈但馬之可惜耶．】

見行牧猪·羊者，頭口動輒數百成群，牧者不過數人，離立揮鞭，鞭其偃蹇不行者，餘皆不鞭而行．平田淺草之間，混爲一群，不復辨別，鞭梢一揮，劃然分開，各歸其主，不換一羊一猪，尤可異也．

鷄塒皆土築，牛欄豕圈，皆列木爲柵，驢·馬多露立而秣，或作後槽喂養．

橐駝，頭似羊，鼻耳似馬，目小而突，頸長而昂，伸如鵝，脚如牛甚長，膝與蹄皆有茸毛，尾似驢，毛似氂牛，鬣在胡，高丈餘，長亦如之，臥足不帖地．鳴聲圓，鳴則有風，能知水泉所在，背具肉鞍，是爲駝峯，多載鐵炭，往來蒙古館中．其載物，必跪而負焉，力可以勝其重，然後始起，若過重且太輕，亦不起．條革貫鼻而行，蒙古騎而牽，狀如獼猴跨象，其臭甚膻．

廛房前，多掛鳥籠，養各樣禽鳥，槪多從達.－卽我東方言，二三月間，田野之中，鳴且浮而漸上者.－

人家養犬，多瓠白善獵者，性甚馴，亦多常犬．其中名發發者，甚小而脚短，腹帖地而行，甚趫捷，其聲甚獰如豹吠，燕俗偏愛畜之．

余嘗入天主堂，一隻猛狗，突門而吼，攫地騰躍，勢欲囓人．蓋以鐵索鎖項，繫於石臼，可知獰猛不可近也．

余過北平店，見一武舉人，買取一隻雄鷄，高可三尺，大於鶴．問，"是蜀鷄否"，舉子云，"果然，何以知蜀鷄."余答曰，"嘗見『爾雅』，鷄三尺曰鶤，鶤卽蜀鷄也."

遼野一望平蕪，鳥雀不見，以其無叢薄可依也．入皇城不見鳶鵲，亦爲地寒無樹木也．歸路多見烏鵲，種甚小，原野春生，漸聞田禽交哢．

豐潤·玉田，產驢最多，而種皆小．又多站驢，十里或二十里，定站之外，雖死也不動．東八站亦多畜驢，婦女童兒皆跨，往往負薪．

騎射

二月二十二日, 朝發**通州**. 觀敎場騎射, 數十騎皆銀鞍
駿馬, 一簇成隊, 次第出馬. 馬色塵影, 混成一團, 反手抽
矢, 俯身彎弓, 七八箇小樣紙籠, 列在五步之外以爲的.
矢皆木鏃, 發必鳴鏑, 弓則雕弧. 長過半身.

二十七日, 過**灤上**. 是日有漢尙書**尹贊圖**[91], 奉勅往關
外, 亦由**灤河**而過. 乘銀頂轎, 二輛太平車隨之, 車內皆
有官人. 前騎凡四騎, 最前者騎而雙捧黃旗, 其次背負回
避牌, 連騎而行, 後二騎背負捧子, 中間一騎, 項掛皇勅.
二車之後, 四騎落落成行, 取次渡**灤河**. **尹尙書**臨河小立,
前行八九騎, 排列沙堤. 忽有一騎, 蹙鐙回策, 向東小路
馳去, 四箇馬蹄, 一縷塵影, 轉眄之間, 已失所往, 但見一
點紅兜, 出沒林際而已. 眞快馬健兒, 似是前路探騎也.

是日, 永平府尹出城外試士. 府城西北將臺上, 竪一面
黃旗, 臺左右胡騎林立. 銀鐙繡鞍, 長弓白羽, 人方踢鐙,
馬已過塊, 塵頭開處, 馬知所止, 駃騠一嘶. 唐人詩云,

---

91 서장관 이정운의 별단에 따르면, 윤찬도는 청나라 內閣 侍讀 學士로 어명을
받들고 北海 廟堂과 盛京 福昭陵·興京 永泰陵에 가서 제사를 지냈다고 하
였다.

"少年獵得平原兎, 馬後橫梢意氣歸"[92], 眞此時景也.

倡市

正月初八日, 過**盛京**. 城中大街, 競設戲場, 結綵爲棚, 架篁起樓, 此卽所謂倡市也. 搬上包袱, 雜綵爛斑者, 戲服也. 鑼鈸鼓笛, 裝在一邊者, 戲具也. 安排筵席, 擺列床桌者, 戲子也. 將趁十五元宵設戲也, 沿路村坊市鎭, 往往見設戲, 觀者如堵, 男女畢集, 各設牀凳, 而坐不相亂. 見篁樓上, 二人手持便面對唱, 一扮男子樣, 網巾加帽, 【紗帽.】闊袖衣, 馬尾髯, 一婦人打扮, 高髻簪花, 塗朱粉, 曳長裙, 男唱而女和. 或竝唱如西廂院本, 崔張互唱, 間以紅娘唱也. 不知唱何曲子, 而度一字餘音甚長, 唱訖, 鼓鑼齊鳴以節之, 或作男女對語狀, 雜以謔罵. 彼觀場者, 有時發笑, 一闐如雷. 吾們衆人, 一似聾啞, 不見其可笑, 眞自笑也.

其俗目闊袖加帽而戲者, 曰高麗舞, 彼欲以倡優戲我

---

92 당나라 王昌齡의 「觀獵」에서 나온 시구이다.

耶？ 東國自有衣冠可法，而竟爲倡市戲具，豈不可駭也耶？

元日過一村市，戲子十餘人，皆粉朱塗面．或用黃帕裹頭，或只着黃帽子，手舞短棒，從者皆鳴鑼吹笳以助之，多入神廟佛寺設戲，老幼村俏，咸聚觀焉．其狀如鄉曲小兒，作捉馬戲，看得沒巴鼻．

皇城西街子，觀西廂演戲，廣衢設帷．帷內只聽琵琶箏笛聲，聲小歇，只聽曲窓男女私語聲，原來決開帷旁，一戲徒持鞭而立，拉人觀戲，以收錢鈔．只見一座層欄，高出帷額，傍邊坐着和尙長老數人．入其帷，只見一週遭曲欄畫障，中安一尊佛像，欄邊立一綠衣少年，對立一箇靑衣丫鬟，少年作拱揖狀，丫鬟作勃然背立狀．是時無琵琶箏笛聲，又不見有一人在曲欄旁，只是少年對丫鬟揖，而語溫存，丫鬟作撒撥背立狀．久之，屏風後轉出一個縞衣美人，引袂掩口，偎屏而立，欲進不前．少年回步向之，美人逡巡欲退，屏風邊猶見衣裙，少年乃回首憑欄而立，美人謂其已去．又轉出屏前，猝遇少年，慌不及避，遂與之交拜．少年欲近而牽裾，美人急回裙避之，裙子迎風，作浪縐紋，不知向之靑衣已在欄頭偸眼．是時亦無吹彈聲，只見屏風前，少年美人偎語，曲欄頭靑衣丫鬟私窺，屏風外僧徒皆定．斯須人語漸微，而吹彈復作，其聲細若蚊蠅，始知人在欄底，用機關搖掣，雜以言語琵琶箏笛聲．

大街上往往設幔爲戲，四圍遮掩，不見其爲戲甚麼．只聽【只聽二字是聲．】數人對語，語了唱，唱了吹打，聽其語音嘲殺，鬧了一場．如隔窓聞人家爭口氣，觀者皆隔幔屬耳，聽且顧語其儕， 如塗巷兒聽讀『三國演義』， 到可驚可愕處，輒顧而相道者．彼誠聞其聲而解其事，余愕而問何戲，彼云此乃聲像戲也．

<u>狼子山</u>月夜觀影戲， 蓋設棚市街上， 棚之前面設薄幔，數人在幔中設戲．幔內燈燭焚煌，而不見人影，只見【只見二字是影．】甲馬環幔而走，勢如轉燈而已．樓臺翬飛，床卓排列，數人對酌．俄頃樓臺床卓，杯盤人客，風靡電散，一男子捽一婦人，罵不絕聲．隔幔見掀髥影，見抵掌影，須臾無男子婦人，只見燈光晃晃，卽設戲者，坐於燈後，只搖線索，便成諸戲．

養漢的-倡女．-，路次時或見之，情態與村婦女大異，目挑心招，已不能自掩．柵內有童女數人，最愛偸漢，輒能作朝鮮語，見朝鮮人，呼覓烟茶一盃，了不羞人．

墳制

皇城外 － 朝陽門外也． － 平田曠野，皆都人墳墓，環墓皆築牆設門，松杉蔚蒼，碑碣森羅，其有節義可尚者，建牌樓旌之．

其墳形，上銳下豐，狀如帽子，不以莎草封之，只是累土，無龍尾階砌．或於塚之前面，嵌石而爲碑，其子孫顯達者，墓前豎華表柱兩行．都門之外，大抵人家墳塚，混無區域，籬落之間，纍纍皆是．其火葬者加堊塗墳，【墳封之外，皆耕種，雖有子孫者亦然，故庶民兆域[93]，皆在田中．其葬埋，皆平原曠野，無山脈來龍水勢合抱之可據，只是撮土成墳而已．】

淸明日，過玉田城外，平陂廣陌，累累饅頭，盡封新土，上掛一陌紙錢，窸窣野風前．蓋其土俗，每年淸明日，加土墳上云．

遼·瀋之間，多棄棺，荒榛斷隴，或多堆積處，蓋夷狄之風也．

棺槨之制，狀如舟船，塗以髹漆，列於市廛，或用金泥書壽字．

---

93 묘가 있는 곳을 말한다.

其孝服，男子白帽衣，靴亦白麻，帶結于背，垂其兩端，行曳于地．婦女用白布裹頭，似屈冠狀，穿縞素衣裳，不插花垂璫．

迎親·送喪皆鼓樂．迎親之家，結綵–卽掛紅也．–于門，遭喪之家，掛紙錢于門，其男女之哭如歌焉．

冠禮之不行久矣，三四歲孩兒，已薙髮加帽，復何三加之有．至若葬埋·祭祀之禮，亦掃地盡矣．大都燒香供佛，爲祭先之禮．凡孤村小聚之間，叢林亂石之中，皆圖塑神像，齊燒願香．

關外路傍高丘，有葉家墳，墳形甚高大．行人過客，皆知葉家墳，而不知爲何代人，且未知其有子孫焚掃者耶？

民俗雜記【是「貨殖傳」妙法，可惜閑却心手．】

栅門至遼東，專事農業，而地瘠民貧，穀不過黍粟，或種山稻，而米性硬，不可食．籬笆之挿，屋舍之蓋，全用蜀黍，蓋土宜也．其民貧儉，故多齷齪．

鳳城，栅內之一都會，遼東，瀋西之大都會．盛京，據山海之要，東輸寧古，西通燕涿，北鄰烏桓·鮮卑．其都邑宮室，六街三市，亞於皇城．其民皆商賈，衣食輿馬，極豪

侈, 山東·山西－醫巫山也.－富商大賈, 轉貿貨物, 皆藉於
是. 高車駿馬, 繽至而輻湊, 鈴鐸之聲, 日夜不絕. 而**遼東**
多連山邑, 故皮物甚富, 且出細布. **鳳城**以柵市, 專仰機
利焉.

鳳城·瀋京之人, 性皆獷悍, 且滿人之所起也, 與我甚
近, 去古未遠, 故偏慢侮我們. 至**皇城**, 地愈廣, 而人物愈
俊秀豐碩, 性氣寬厚, 不屑較量.【人馬亦同.】【燕馬不屑與東
馬較, 況人乎? 人而不如馬, 安用此人爲哉.】

燕地無農作之利, 都城內外, 百萬餘戶, 皆白地生活,
專以商賈爲業. 有**潞河**一條, 通東南貨路, 水陸貿遷, 故
民賴豐富, 名場利藪, 眼明手快, 人無晏眠者.

遼·瀋之間, 地皆沙磧, 田疇之廣, 多有烏飛不過者【俗
語好.】, 故糞田最難. 居人侵晨携畚鋪, 立數十里外, 以拾
馬墜, 其勤於農作, 可知也.

東八站, 農家婦女, 或持鋤鈀, 出而助田作, 不脫鞋襪,
不捲裙襠. 大抵燕地婦女, 皆游閑無事, 不知紡車織杼之
爲何物, 而或執炊爨, 亦多男夫代勞. 但靚粧麗飾, 吃煙
度日, 往往倚門觀使車之過, 手或縫鞋底.【漢女之貧者.】
【胡女則絕無.】

狼子山,【改命**娘子山**.】地雖遐僻, 婦女多殊色, 漢人絕
稀. 其穿籬逾墻, 花朵相暎者, 皆胡女也. **山海關**內, 男子

皆驍健，善騎射，女子眉目皆明麗，時有動人者。【凶奴失祈連，則美色盡矣。爲清人計者，寧失天下，不可失**狼子山**。】

燕·**薊**婦女，聲音皆嬌美，無粗惡酸嘎者。面龐率**豐豔**，而肌色多如嫩雪，絕稀眼睛正的婦人，其兒女亦多美目。又不見手樣好者，男子概多削玉抽笋，甚是怪事。

唐女貌多清氣，胡女多武氣，唐女多瘦，胡女多豐，唐女低垂，胡女軒昂。凡市門之破衣傭丐者，皆唐女也，亦運氣使然。【何得不然。】

過**狼子**，路逢一少婦，抱兒乘牛車，一小童御而前來，與使車相撞。馬頭輩叫呼辟除，車童驅牛，轉下山坡，車傾兒啼，少婦叱童子回車曰，"甚麼大人"，【何乃小覷若是。】【甚麼彼音宵麻，而大人無變音。】其聲甚嬌捷。

午飯一店舍，有約四十歲婦人，携七八歲女孩兒來前，乞與飯餘，以吃其兒。隸人喝退，那婦人笑曰，"天下老鴉兒一般兒黑。"【蝟舐其兒曰，"他家亦有這般美雛。"】言人之愛子之心同也，余笑而與飯。

言語之難，天下無如我東。不以文字，專以意義，曲折上下，唯阿無數，一句話，作數句話，言者勞，而聽者疲。漢人則言語文字，初無二致，文爲話，話成文，說得便捷，聽却易曉。始知我東之人，臨事做事，輒作一場喧鬧者，以其言皆諺翻，支離曼衍，上呼下諾，一唱百和，只是一哄做去, 而其實毫細之事, 頤指可定也.

彼滿漢之人, 見我們之鞭笞皂隸, 輒張口大噱笑, 其打
一卒伍, 便一場大鬧也. 余觀喝敎捉入, 唱喏捉入, 喝敎
伏, 喝敎打, 唱喏猛打, 提棍大喝聲, 高唱數棍聲, 又喝敎
頓打聲, 左右厮徒, 齊唱喏聲而已. 解縛推出, 其實打
隸, 如打百隸, 豈不爲他曹笑也.【秋聲閣一般舖置.】

皇帝臨雍. 見太學門外, 千官雲集, 車與車錯轂, 馬與
馬交頸, 携燈往來者, 踞而守車者, 勒而駐馬者, 方下車
者, 且騎馬者, 十字大街, 無着脚處, 但見燈光星列, 不聞
人馬聲, 其靜肅可知也.

凡宴客, 酒食茶果, 竝不和盤托出. 先擺肴品, 始開觴
政, 酒過六七巡, 殘盃冷炙, 一齊掃却. 小間, 洗盞更酌,
麫梡肉豆茶果荣蔬等物, 輪次搬來, 如是數三回. 添酒勸
飯, 主人不一起不一喚, 頤指之間, 諸品取次安排, 亦無
不備者.【如高手碁匠擺子列勢樣.】

夫仕宦於京師者, 預皆安排一條貨路,【東人仕宦, 不過睃
着一條貨路, 香谷亦然.】其行商諸路者, 類多閣老姻親, 尚書
子侄, 不得於科宦, 則歸於此. 遷子貢之貨, 致陶朱之産,
連騎結馴, 以遊乎王公之門.【東人之子不然, 香谷之子, 亦將不
然.】一朝順風鴻毛, 做官作郡, 無所不可, 眞個男子們快
活世界.【東人無官, 易餓死, 明遠有官, 亦將餓死, 是誰使然也.】

<u>皇城</u>街市，小本經紀．挑擔而行沽者，肩擔-卽扁担.-一橫木，木之兩端，掛着小方櫃或籃兒罌缶等器，盛着茶果油醬餅糖之屬．行且叫賣，其聲如唱曲，不叫賣者，行敲錚，或持如鼗鼓者，搖之作聲，或持如剪刀者，彈之作聲．日初出，遍街同聲．

　　其市童街兒，狡獪跳擲，競放風鳶，無論四時．鳶之制與我東異，多作人物鳥獸形．鳶之中竅甚小，而以繩繫其中竅，從風而放，不復欹斜倒落，毋其風力甚壯故耶？線車亦異我東，狀如鼓桴．

　　群兒游戲街曲．見我人過，輒喚做高-音佳吾.-麗-音離.-孼子．蓋元時帝主尙麗王，而帝主入覲時，麗朝大臣陪主入京，稱呼孼子，故其俗尙傳焉．

　　其光棍嫖徒之放刁撒潑，與我東無別，駔儈屠沽之盤窩弄機，亦異地同風．我東之淸-音稱.-心-音身.-元，彼皆以爲神丹秘方，見我人，輒問淸心元有阿．若云無有，彼必笑張起來曰，爾罷-音바.-也．或推以不董得【音드.猶言不曉爾言.】，彼以手指胸膛弄影，若通瀉狀，蓋言服其藥，則胸膛通豁底物也．

　　燕俗皆豪侈，故甚看穿着，逢朝鮮人，輒環而觀焉．或揭起衣袖，仔細看過，且問甚麼樣布，甚麼樣紬．見戴笠騎馬者，喚做文-音雲.-官，戴着戰笠揷羽者，目爲武-音右.–官.

問人之姓, 若姓申, 則曰辛苦–흠궈.–之辛, 姓韓, 則曰
東北風. –謂寒威也.– 蓋字音通同用之, 或以意解, 摠之謔
語也.

蒙古居醫巫閭之外, 凡四十八部落, 部落最强盛. 人物
猙獰, 生得多高鼻深目, 衣帽色尚黃, 小拂意則鷙睍而起,
雖以滿人之强, 莫敢誰何. 而擯不與於滿漢, 不同器而吃,
不同炕而眠, 故蒙古之往來皇城, 必圍火野宿, 與橐駝臥
起.【女眞謂銀曰女眞, 蒙古謂銀曰蒙古.】

滿人之得志, 多蒙古之力, 故世爲婚媾. 大內諸刹, 俱
處蒙古僧, 蒙古大臣, 多留城中舘, 蓋畏其生釁也. 舘在
玉河橋西.

蒙古之人居皇城者, 亦多美貌少年, 或滿州女所生而然
耶? 但其氣臭膻, 不可近.

昨過薊州, 遙望塵起處, 太平車一輛, 闘風而來. 二騎
帶弓箭, 前導皆黃皮帽, 黃皮袴褶. 其車則羽繡帳, 琉璃
窓, 駕雪白馬二匹, 卽蒙古三十六大王也. 入參千叟宴[94],
今纔歸國, 隔琉璃□□□□長卽老酋也. 後騎四人二騎,

---

94 乾隆皇帝가 국경일에 수천 명의 노인들을 불러 모아서 대대적인 酒宴을 베
풀었던 일을 가리킨다.

騎而各牽一馬，最後一車又至，前有帶弓箭騎而導者，後又從騎四人，貌皆猙獰，車帷兩旁，窓掩琉璃，映見一老胡前坐．兩胡姬坐背後，偸視外人，如一朵水仙，斜暎琉璃瓶中，不復辨其首飾衣裝也．

回回國在西邊，距<u>燕</u>萬餘里，名爲回子．其人長身高鼻，深睛綠瞳，氈帽如我東戰笠樣，只有前後簷，帽頂甚高，時見市街上，形跡踽踽，若村人入都門．其稚小者，只着紙糊帽頂．－ 舘在<u>長安街</u>西．－

滿人貌，皆豐權潤輔．見其諸皇孫，年可十五六歲，騎大馬，□家丁數十騎，橫馳大街，貴氣赫赫動人．

漢人恥與滿人婚娶，漢人之貧窮者，往往與之結姻．官爵，則掌兵權機密之職，膏腴之地，皆滿人所據，文任淸官，多與漢人，而亦有淸尙書·漢尙書，參錯用人．【六部尙書，淸漢各一，而漢尙書則文簿上漢署而已，不復知部中事務之如何．】至若差科之役，漢人偏苦，滿人晏然．滿人之當路者，亦多文學之士，而終不及漢人，其文彩風流，猶可見於<u>江左</u>人物．

<u>皇都</u>之大，無所不有．以城郭·宮殿·寺塔·神廟·市井·閭閻·官府·衙門之壯麗言之，天下之壯麗無逾焉．以人物·群畜·車騎·外國朝貢使价·佳人·俠少之繁華言之，天下之繁華無逾焉．以積貨如山·聚寶如海·主顧雲集·經紀繡錯·金

銀抵斗·錦綺布地之富瞻言之，天下之富瞻無逾焉．　什物
之精·制度之簡·履屐皆當·手眼皆具言之，天下之精簡無逾
焉．擢用唯才，取人如取材，鄧林不以枯枝而見棄，琥珀
不以浮芥而爲瑕，士之出身之路弘大，民之資生之術寬廣
言之，天下之弘大寬廣無逾焉．輪蹄之間，塵坌之漲，園
廁之會，臭穢之積言之，天下之塵坌臭穢無逾焉．至若乞
丐之叫咶，癃殘之寄生，千怪百醜，無不萃集言之，天下
之怪醜無逾焉，此亦足以觀<u>皇都</u>之大焉．【是總論<u>北京</u>大槪．】

歸路

乙巳二月二十一日，一行發<u>玉河館</u>．出<u>朝陽門</u>外，使車
始張蓋勸馬聲，歸路浩浩，如魚縱壑．見<u>皇城</u>外，草映征
袍，麥已蓋畦，始覺館裏光陰，若是迅疾．計到我<u>京</u>，萬綠
成陰，<u>燕</u>已乳矣．

白澗松

<u>薊州</u> <u>香花庵</u>，有比丘尼六七人，年皆十六七歲．女子爲

其師者, 約年四十餘, 名**善寶**, 貌甚明潔, 從**北京**來, 住持
此庵. 瓶貯淨水, 牀有經文, 庵中有白松, 大可一圍, 高三
四丈, 松身及枝葉, 皆白而別無異焉. 庭中有古鼎, 刻大
明年號, 蓋舊物也. 松旁列植杜沖·石榴, 蕭疎有致.

薊州獨樂寺臥佛

觀音閣後, 卽臥佛殿, 繡被覆身, 以肱加額, 【手支頤.】
紅潮滿面, 蛛網蠅點, 歲久不拭. 人言此**李太白**, 夫**青蓮**
是神仙下世, 乃棄仙學佛耶? 不然, 何髠其頭金其像也.
甚矣, 愚人之見, 平平白白地把堂堂**沈香殿**上醉學士, 勒
作酒肉行脚.[95] 甚矣, 不獨自愚, 而愚了幾個伶俐衆生, 指
疲於津梁, 脚酸腿軟, 臥而萬劫不醒者曰, 此**李太白**, 試
問當年捉月手尚在否?[96] 盍捉彼妄言者, 卽付犁舌地獄
耶?【痛辯, 吾亦云云.】

觀音閣高二層, 中立觀音丈六金身. 上第一層閣, 纔及

---

95 사방을 떠돌아다니는 行脚僧을 가리킨다.

96 이백이 采石江에서 달밤에 배를 탔는데 강에 비친 달을 잡으려다 물에 빠
져 죽었다는 일화가 전한다.

觀音之腹，仰視觀音頂，更具十面觀音，用罕罳籠罩，耳長數三尺．自肩至十面觀音最絶頂，可數丈，俯看觀音之足，目搖神眩．余觀觀音原像與頂上諸小像，大小不同，而捏塑之樣，不差毫髮，可異焉．

觀音閣扁題之下，書李白二字，此觀音閣三字，豈其李白筆耶？因此李白二字，遂指臥佛爲青蓮眞像耶，眞不可解也．

夷齊廟【多闕記．】

夷齊廟在孤竹城中，卽灤河之西也．石樓題賢人舊里，登樓而望，灤河一道，自北而廻繞，出清節祠後，南流北平城外．遠山靑靄，平蕪白沙，風日晴暄，頓無幽燕塵土氣．

牌樓題清節廟，二碑屹立，一書忠臣孝子，一書到今稱聖，字體奇崛，筆法古雅，乃皇明陳泰來筆．

廟前有臥松，已成枯木，白摧朽骨，尙如龍拏，大可七八圍．

謁清聖，鬚眉鼻眼，二像酷肖，衰衣加冕，【非夷齊本意本色．】見皇帝石刻詩文，乃趙宋時所加也．清聖廟後，有揖遜堂，堂後卽行宮．宮門內有淸風臺，左右行閣，上甃礱

爲層階，直到行宮．俯臨一廟之內，宮庭中有若个竹叢，列置怪石，巑岏成山．【灤河北岸，有孤竹君廟．】

首陽山

清聖廟西南，灤水之上，有首陽山，童濯無草木，只一土山耳．呈露野次，無岩洞回互，不知二子之隱於此山，有草木岩洞，可以遯跡耶．又未知山中薇蕨，尚有可採者耶．馬融云，"首陽山在河東蒲坂，華山之北，河曲之中．"班固『幽通』註曰，"首陽山在隴西首．"戴延之『西征記』云，"洛陽東北，首陽山有夷齊祠，今在偃師縣西北．卽天下之山，多者首陽山，而遂爲四首陽矣．"『孟子』云，"夷齊避紂，居北海之濱首陽山．"『說文』云，"首陽山在遼西．"今此灤上之山，似近於『孟子』·『說文』二書所云．而傳又言登彼西山之山，是今清源縣首陽山，在岐陽西北明，卽夷齊餓死處也．此說極有證據，而灤河首陽山，恐非眞面目也．爲其在夷齊廟前，土人遂稱之曰首陽山耶？了不可辨也．

孤竹城，『地理志』云，"城在遼西令支縣．"[97]『括地志』[98]又云，"孤竹古城在盧龍縣南十二里．"考諸地志，歷觀地形，盧龍距此不遠，而關內地勢，又近遼西，卽此孤竹便是也.

薊州, 卽神京之左輔也, 有行宮. 自薊州抵皇城二百里,
御路左右皆種柳, 遠望樹端, 平如剪裁.

歸路, 登澄海樓, 浪打城根, 風泄急雪, 倚樓而立, 天海
而已, 到此令人始欲愁矣. 人言, 登澄海樓, 不必吟詩, 只
可慟哭, 余聞其言, 雖未登澄海樓, 而其境似然矣. 今日
登臨, 果欲令人慟哭, 恨無大酒如此海也. 傍有一客, 忽
大哂曰, "子欲慟哭, 有副急淚乎." 余笑答, "無副急淚, 故
欲借酒澆磈磊耳, 何患無淚成海也."

三月一日, 出山海關. 過姜女祠, 見祠前紅粧一隊, 花
攢錦簇, 路陌之交, 騎驢乘車而來者, 以十數. 原來姜廟
之側, 有催生娘娘神廟, 遠近婦女, 皆來燒香祝子也. 摠
是年少婦人, 而集于廟前者, 不止二三十人, 翠黛明粧,
羅裙繡衣, 頂香手叉, 望廟禮神, 其拜先跪一膝, 叉手至
地, 箇箇纏脚, 步步如花枝顫搖. 皆唐人也.

---

97 이 지리지 인용은 당나라 司馬貞의 『史記索隱』에 보인다.
98 唐 太宗이 그의 신하에게 시켜 만든 일종의 지리서이다.

泥濘

寧遠衛以往, 春雨新霽, 途多泥濘, 猶可擇路而走. 過此羊腸河·小黑山, 漸入泥海, 所謂煙臺隅, 第一深險, 不敢着脚. 從煙臺左路北上, 多由野田山陂, 費盡間關, 菫抵白旗堡. 二道井以往, 泥水離披, 無一片乾淨土, 五步一坑, 十步一窪, 馬心先怯, 不肯着蹄, 人脚暫植, 漸覺沒膝. 杜子美青泥坂詩, "白馬化驪, 小兒爲翁"[99], 未知較此何如也.

柳河橋, 纔了一險, 永安橋, 又逢一險. 跨馬若針氈竦身, 脫十丈泥淖, 方吐一口氣. 如曹公之敗赤壁, 纔脫華容阨口, 始揚鞭大笑.

三月十三日, 過塔院. 新經夜雨, 路淨無泥, 草色沙光, 明嫩可愛. 遠望瀋京, 丹樓·白塔, 競出晴空, 人語馬嘶, 歡然如歸. 今到瀋陽, 抵柵不過八日程.

翌日, 發瀋京. 出德盛門, 樹色山光, 似助人還鄉之喜,

---

99 杜甫의 「泥功山」 시에, "아침에 푸른 진흙길을 들었다가, 저물녘까지 푸른 진흙 위에 있네.……흰 말은 검은 말이 되어 버렸고, 소아는 늙은이가 되어 버렸네.〔朝行青泥上, 暮在青泥中. …… 白馬爲鐵驪, 小兒成老翁.〕" 한 데서 온 말이다.

不知八站前路之遠.

太子河看月

是日, 抵迎水寺. 向夕月稍佳, 與洪君禮福[100]携手散步.
臨太子河, 水聲瀗瀗, 微月翻瀾, 此卽燕太子丹避秦將李
信處也. 『史記』所傳衍水,[101] 卽此河耶? 小焉, 月隱雲際,
遙望東北山腰, 火光明滅, 初疑野燒, 訊諸土人, 乃十五
夜, 神廟設燎云. 火外有山, 一抹橫翠, 卽天山也. 彼焰焰
而起者, 倘非單于獵火耶?

雨過兩嶺, 泥阻沒草河, 自此諸險已了, 春意漸佳.【橋
憐八渡, 松記舊站, 皆路次新趣也.】

---

100 역관으로 본관은 南陽, 부친은 洪大中, 兄 洪仁福, 洪義福도 모두 역과 출
신이다. 홍예복은 『익성록』(정조12년(1788) 10월 12일)에 『가체신금사목』
을 하사받은 명단에 보인다.

101 衍水는 연 태자 단이 숨어 살던 곳이다. 『사기』에 따르면, 연 태자 단은
전국 시대에 燕王 喜의 아들로, 진 나라에 볼모로 잡혀갔다가 도망쳐 돌아
왔다. 진이 六國을 치려고 군사가 易水에 이르자, 꾀로써 사람을 보내어
진왕을 죽이려 하였으나 이루지 못했다. 그 일로 진 나라 침입이 다급해지
자 연왕 희가 단을 목베어 진에 바쳤으나 진은 요동을 치고 연 나라를 멸망
시켰다.

三月二十一日，到鳳城，柳軃花燃，山景明媚，過了此山，－卽鳳皇山．－卽柵門也．鄉路抵隔一柵，其喜可掬．

留柵

還歸柵內，更留魚家店中，壁畫『水滸』諸像，依然如夢裏曾看也．【人具是眼，眼看是畫，竟無人道此語，眞個瞽者丹靑．】却憶初入柵時，四圍雪山，風景蕭然，今日新晴，山杏花稀，乳鸎交飛，始驚行役之久，而光陰之迅也．【信筆寫來，神情俱到．】

安市城

鳳凰·翔龍二山，環抱爲安市城，週廻四十餘里，山勢壁立，奇岩怪石，森如劍槊，眞成一座石城．西南山口，古城遺址，尚有存者，一道溪水，潺潺流出，古城門廢堞頹垣，杜鵑花往往倒開．　此乙支文德·楊萬春戰守之處，　而今皆化爲樵兒牧叟之墟，山川險阻，不減當時．【或言，唐太宗攻此城，爲蓋蘇文放冷箭傷了一目云．】

留柵凡十日, 鄉思繁似春雲, 客苦甚於燕館. 行坐栖栖, 一日可敵兩日, 或花下排悶, 水邊遣愁, 酒壺釣竿, 只是謾浪之寄, 不足泥人歸興.【此公善以小敵衆, 文短愈奇.】

出柵

四月一日, 三使一行始出柵門, 行臺留觀門市, 故遂與李公作別. 萬里同行, 中路先歸, 幕次判袂, 兩情依依. 過魚龍堆, 覩物興懷, 以詩奉寄. 詩曰, "碧澗來安市, 梨花勝柵門. 先歸且慰意, 獨去暗銷魂."

出柵門, 平陂軟草, 歸馬若飛, 萬里關山, 噉雪踐霜, 其殘粟貴, 骨高毛稀, 謂其力盡長途, 無復號鳴奔逸, 三江漸近, 千蹄迸駃, 彼雖不駿, 聾蟲亦能知故鄉風土, 矧伊人矣哉.【情文俱到.】

暮雨, 抵溫井坪露次. 翌朝, 快晴, 午飯九連城, 往往逢獵騎, 肩帶弓銃, 馬掛獐兎.【獵胡圖.】

自柵外至湯站以東, 一路樹香草嫩, 風日晴和, 最是梨花甚繁. 水涯岩際, 點綴如殘雪.【可喜人, 可喜景.】

渡三江, 望見灣州, 城角參差, 統軍亭翼然迎歸.【夾帶還鄉喜氣.】 從北門入, 攬衣先登, 俯看三江歸路, 蘆岸沙

汀, 空船自橫, 杳不知適從何來. 正似漁郞更尋折竹處, 竟迷花源眞境也.【文短筆尖.】

乙巳四月初二日, 還渡鴨江, 摠計來往日子, 凡九十三日, 以月計凡五朔焉爾.

天淵亭劍舞

龍川館內, 有天淵亭[102], 背蒼壁, 面方塘. 主倅-柳爾胄[103], 嶺武也.-聊娛遠客, 夜宴于亭, 列炬池邊. 且多植短炬, 泛于池上, 彩艇載妓, 唱漁父詞, 蕩過列炬間, 船行火流, 極其沿洄, 憑欄以觀, 彷彿薄暮遠浦, 漁火蓮唱. 已而, 命諸妓匝坐欄曲, 張掛燈籠, 使二小妓,【明是柳愛·蘭深.】戎裝作劍舞, 急管悲絃, 蹈厲舞節, 裙聲劍影, 怳惚燈光. 二妓舞罷, 又命一妓【明是學蟾.】舞劍, 使一妓當中

---

102 천연정은 良策館 남쪽에 있는데, 바위를 등지고 못 가까이 있어 그 주변의
경치가 매우 뛰어났다. 오른쪽 암벽 사이에는 명 나라 사신 朱之蕃의 글씨
로 '第一溪山'이라고 새겨져 있고, 또 聽流巖이라고도 새겨져 있다.

103 유이주(1726~1797)는 호는 歸晩窩, 본관은 文化이다. 영남의 무인 출신으
로 洪鳳漢에 의해 천거되어 용천도호부사, 풍천도호부사 등을 역임했다.

而坐, 舞者之手勢眼波, 往往注擬, 當坐者, 扮做**項莊**欲
擊**沛公**狀. 俄而, 一小妓【明是.】[104]從欄外倏然舞劍而至,
作翼蔽樣, 亦自可觀.

郭山四月碑

余過**郭山**, 見路傍荒墳, 歲久崩塌, 堇有墳形. 前有斷
碑, 風雨剝落之餘, 尚可記四月二字. 余怪其名定非男子,
而其碑無所記, 不知其爲何狀女兒, 乃有三尺貞珉, 巋然
荒草中耶. 適有郭山給掌, 爲余述其事實甚詳. **四月**[105]者,
高麗時民家女子, 性至孝. 父死, 無他男娣, 獨身養母,
養無所不致. 女漸大, 母欲嫁之, 女誓死不嫁人, 爲無人
養其母也. 女年十九, 病不起, 其不嫁養母孝行之卓異者,
亦隨而湮沒無旌. 女沒後數十年, 有使者從中朝來以皇帝

---

104 기녀의 이름은 빠져있는 듯하다.

105 軍人 金末巾의 딸로 19세에 어머니가 몹쓸 병에 걸려 1년이 넘도록 낫지
않아 남편에게 버림을 받았는데, 산 사람의 뼈가 병을 고칠 수 있다는 말을
듣고 스스로 손가락을 잘라 약을 만들어서 먹여 병을 치료했다 한다. 사월
에 대한 관련 기록이 이승소, 이수광 등 여러 문인의 시문에 보인다.

命問，朝鮮**平安道** **郭山縣**有個孝女諱四月墓乎？ 果於**郭山縣**得其墓所，遂致祭立碑焉．書其碑曰，"朝鮮**郭山縣**孝女**四月**墓．"蓋中朝新誕公主，而先是皇后夢見一處女，自言身是朝鮮**郭山縣**女子**四月**，年十九病死，冥司嘉其性至孝，而憐其夭，令托胎於天家，以享再世富貴．已而皇女生，背有文，認是**四月**二字，皇帝異其事，卽遣使詢其墓而祭之，且旌其孝也．余聞其言，始疑終異，再三詢問，其言如此．且言此實**郭山**之流傳奇事，又有寒山片石，可與話古．余方信之，而終未能詳其年代，不知果爲前朝事耶？ 或在我朝，而給掌亦不能詳知耶？ 且不知其誰家女，而姓氏爲何也．意多異行可紀，而逸而無傳，大爲缺典也．

黃州燈夕

四月八日，朝到**平壤**，擬更醉練光春月，使行甚忙，遂不得留．暝入**齊安**，淡月疎燈，落落可觀．憶過**廣寧**，是正月十四夜，荒村野寺，點綴如殘星，今夕**齊安**，駐馬回首，杳然隔世．昔到**皇城**，恨不及元宵燈戲，此猶不可恨也．元夕前**廣寧**之火，八日暮**黃州**之燈，翻作一歲再觀燈，豈不多耶？

延恩門志喜

踰**慕華峴**，恨馬不快走．家伯驟馬來迎，其喜可知也，又見家姪□景李兄弟，握袂一笑，還是依舊面目．歸拜北堂老親，不禁倚門之喜[106]，今口始知還歸第一喜事也，是日卽四月十三日午前也．

---

106 倚門之喜는 모친이 자식을 간절히 생각하며 안부를 걱정할 것이라는 말이다. 전국 시대 제나라 王孫賈가 나이 15살에 閔王을 섬겼는데, 그 모친이 "네가 아침에 나가서 저녁에 돌아올 때면 내가 '집 문에 기대어 너를 기다렸괴倚門而望,' 네가 저녁에 나가서 돌아오지 않을 때면 내가 '마을 문에 기대어 너를 기다렸대倚閭而望].'"라고 말한 고사가 있다. 『戰國策 齊策6』

善本燕行錄校註叢書18세기①

校註 觀海錄

金 照 著

金榮鎭·王微笑 校註

2023년 2월 28일 초판 1쇄 발행

펴낸이 유지범

발행 성균관대학교 출판부

등록 1975. 5. 21. 제1975-9호

주소 (03063) 서울시 종로구 성균관로 25-2

전화 760-1253~4 | 팩스 762-7452

홈페이지 press.skku.edu

조판 고연 | 인쇄 및 제본 영신사

ⓒ 성균관대학교 대동문화연구원, 2023

ISBN 979-11-5550-575-5 93810